AF599929
NOUELA

LAS PENAS DEL JOVEN WERTHER

Johann Wolfgang von Goethe

- COLECCIÓN MILANO -

NOVELA

Aliarediciones

COLECCIÓN MILANO - NOVELA

Edición original: Imprenta de A. Bergnes, Barcelona, 1835.
Traducido por José Mor de Fuentes (†1848)
Imágen de cubierta: Pistola (1941), Albert Rudin.
Original de *The National Gallery of Art*. Rawpixel.

Depósito Legal: GR 476-2025
ISBN: 979-13-87590-87-1

Impreso en España

Edita ALIAR Ediciones
www.aliarediciones.es
info@aliarediciones.es

«La decisión de abandonar este mundo había ido tomando fuerza en la mente de Werther. Desde su regreso al lado de Charlotte, había contemplado la muerte como el fin de sus males».

LAS PENAS DEL JOVEN WERTHER

Johann Wolfgang von Goethe

- COLECCIÓN MILANO -

NOVELA

He reunido con cautela todo lo que he podido acerca del sufrido Werther y aquí se lo ofrezco, pues sé que me lo agradecerán; no podrán negar su admiración y simpatía por su espíritu y su carácter, ni dejarán de liberar algunas lágrimas por su triste suerte.

¡Y tú, alma sensible y piadosa, oprimida y afligida por iguales quebrantos, aprende a consolarte en sus padecimientos! Si el destino o tus errores no te permiten tener cerca a un amigo, que este libro pueda suplir su ausencia.

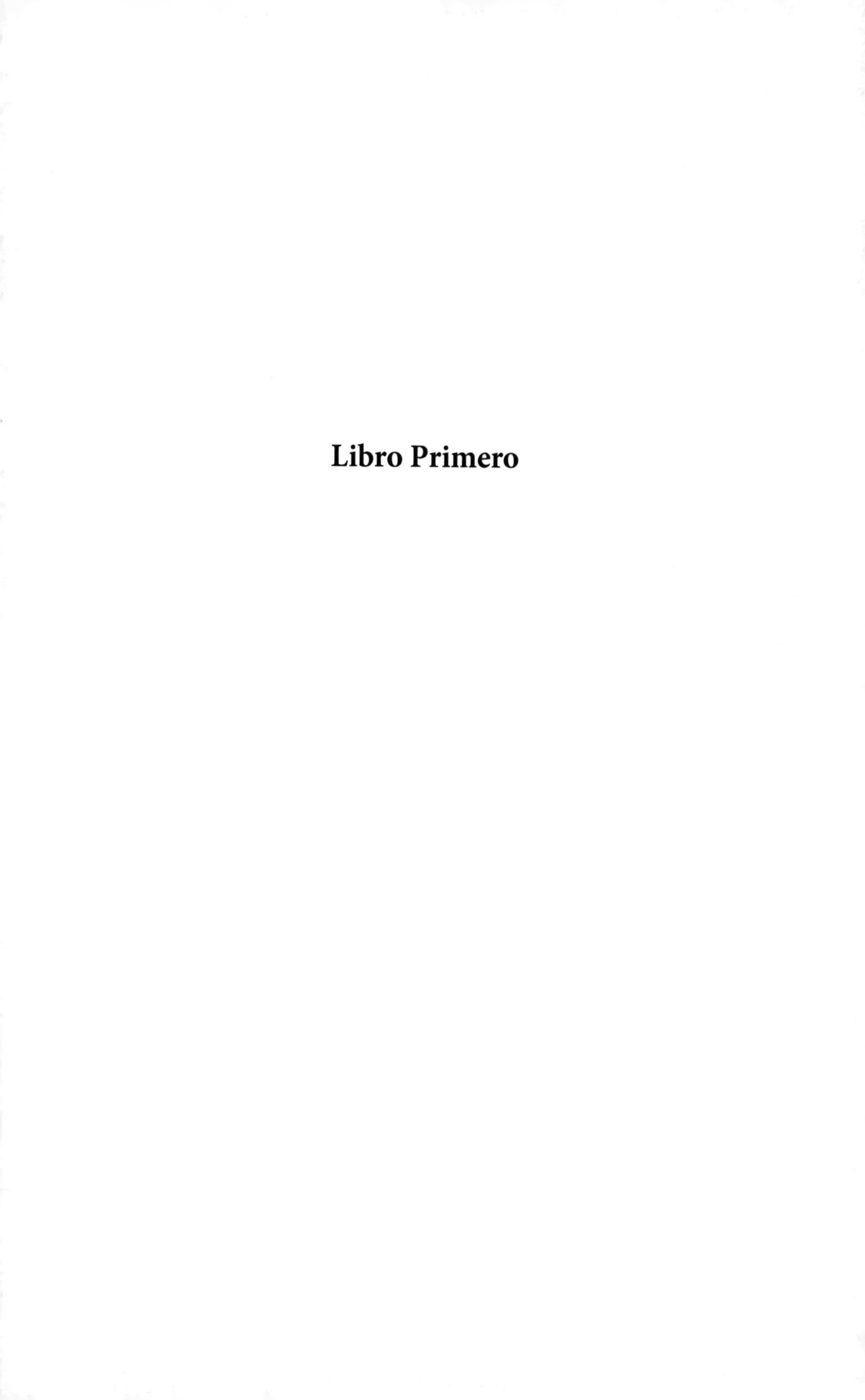

Libro Primero

4 de mayo de 1771

¡Cuánto me alegro de haber marchado! ¿Qué es, amigo mío, el corazón del hombre? ¡Dejarte, cuando tanto te amaba, cuando era tu inseparable, y hallarme bien! Sé que me perdonas. ¿No estaban preparadas por el destino esas otras amistades para atormentar mi corazón? ¡Pobre Leonor! Pero no fue mi culpa. ¿Podía pensar que mientras las graciosas travesuras de su hermana me divertían, se encendía en su pecho tan terrible pasión? Sin embargo, ¿soy inocente del todo? ¿No fomenté y entretuve sus sentimientos? ¿No me complacía en sus naturalísimos arranques que nos hacían reír a menudo por poco dignos de risa que fueran? ¿No he sido...?

¿Pero qué es el hombre para quejarse de sí? Quiero y te lo prometo, amigo mío, enmendar mi falta; no volveré, como hasta ahora, a exprimir las heces de las amarguras del destino; voy a gozar de lo actual y lo pasado como si no existiera. En verdad tienes mucha razón, querido amigo; los hombres sentirían menos sus trastornos (Dios sabrá por qué lo hizo así) de no ocupar su imaginación con tanta frecuencia y con tal esmero en recordar los males pasados, en vez de en hacer soportable lo presente.

Te ruego digas a mi madre que no olvido sus encargos y que en breve te hablaré de ellos. He visto a mi tía, esa mujer que goza de tan mala reputación en casa, y está muy lejos de merecerme mal concepto: es vivaracha y apasionada, tal vez, pero de estupendo corazón. Le expliqué todo lo relacionado con la retención de la parte de herencia de mi madre y ella me explicó las razones que tenía para actuar así, me dijo las condiciones por las que estaba dispuesta a entregarme no sólo lo que se le pide, sino más. En fin, por hoy no me extenderé en este tema. Dile a mi madre que todo estará bien. Estoy convencido de que la negligencia y las discusiones producen en este mundo más daños y trastornos que la malicia y la maldad. Por lo menos, éstas no abundan tanto.

Estoy aquí en la gloria. La soledad en este país encantador es el bálsamo perfecto para mi corazón, tan dado a las emociones fuertes; y la estación del momento, en la que todo se renueva y rejuvenece, derrama sobre él un suave calor. Cada árbol, cada seto, es un ramillete de flores; le dan a uno ganas de volverse abejorro o mariposa para sumergirse en el mar de perfume y respirar el aromático alimento.

La ciudad en sí es desagradable, pero en sus cercanías, en cambio, la naturaleza hace gala y ostentación de bellezas inefables. Esto fue lo que movió al difunto conde de M*** a plantar un jardín en uno de estos oteros que con gran variedad forman los valles más deliciosos. El jardín es muy sencillo y en cuanto se entra en él, se nota que no se trazó por una mano de hábil jardinero, sino por un corazón sensible que quería deleitarse. Mucho he llorado al recordarle en las ruinas de un pabellón que era su retiro predilecto y que también se ha hecho el mío. Pronto será el dueño del jardín; estoy aquí desde hace pocos días y el jardinero siempre se muestra muy atento y afectuoso conmigo. No lo perderá.

10 de mayo

Semejante a una de esas suaves mañanas de primavera que dilatan mi corazón, priva en mi espíritu una gran serenidad. Estoy solo y gozo y me regocijo de vivir en estos sitios, creados para almas como yo.

Me siento tan feliz, amigo mío, estoy tan absorto en el sentimiento de una plácida vida, que hasta mi talento resiente su efecto. Mi pincel y mi lápiz no podrían trazar hoy la menor línea, dibujar el menor rasgo, y no obstante, jamás me he sentido tan gran pintor como hoy.

Cuando los vapores de mi querido valle suben hasta mí y me rodean, y el sol en la cima lanza sus abrasadores rayos sobre las puntas del bosque oscuro e impenetrable, y tan sólo algún dardo de fuego puede penetrar en el santuario, tendido cerca de la cascada del arroyo, sobre el menudo y espeso césped, descubro otras mil hierbas desconocidas; cuando mi corazón siente más cerca ese numeroso y diminuto mundo que vive y se desliza entre las plantas, ese hormigueo de seres, de gusanos e insectos de especies tan diversas de formas y colores, siento la presencia del todopoderoso que nos creó a su imagen, y el hálito del amor divino que nos sostiene, flotando en un océano de eternas delicias.

¡Oh, amigo! Cuando ante mis ojos aparece lo infinito sintiendo el mundo reposar a mi alrededor, y tengo en mi corazón el cielo, como la imagen de una mujer querida, dando un gran suspiro, exclamo: «¡Ah, si pudieras expresar, estampar con un soplo sobre el papel lo que vive en ti con vida tan poderosa y tan ardiente; si tu obra pudiera reflejar tu alma, como ésta es el espejo de un Dios infinito...». Pero, ¡ay, querido amigo! Me pierdo, me extravío y sucumbo bajo la imponente majestuosidad de esta visión.

12 de mayo

No sé si por estos lugares se pasean hechiceros espíritus o si un delirio del cielo llena mi pecho, porque todo lo que me rodea me parece un paraíso. A la entrada de la ciudad hay una fuente… una fuente a la que me encuentro adherido, como por encanto, igual que Melusina y sus hermanas. A la falda de una pequeña colina, se puede ver una bóveda; se bajan veinte escalones y se ve saltar el agua más pura y transparente de los peñascos de mármol. La pequeña pared que forma su recinto, los árboles, que techan con su sombra la frescura del lugar, todo esto tiene un no sé qué atractivo y desconsolador al mismo tiempo; y no pasa un día que deje de descansar ahí una hora. Las mozas vienen a buscar agua; ocupación inocente y pacífica, que no desdeñaban en otros tiempos las hijas de los reyes. Cuando ahí estoy sentado recuerdo una vida patriarcal; rememoro que nuestros antepasados a la vera de la fuente creaban sus relaciones; que ahí era adonde iban a hablarles de amor; que alrededor de las claras fuentes revoloteaban y jugueteaban incesantes mil genios bienhechores.

¡Oh! Si hay alguien incapaz de sentir aquí lo que yo siento, es que no ha probado el placer de la suave frescura de una fuente, después de una larga jornada por un camino árido y vacío, bajo los ardientes rayos de un sol que quema.

13 de mayo

Preguntas si debes mandarme los libros. ¡En nombre del cielo, mi buen amigo, te suplico que no permitas que se acerquen a mí! No quiero ya ser guiado, animado, inflamado; este corazón arde ya bastante por sí mismo; lo que más necesito son cantos que me adormezcan, que me arrullen… y en mí, Homero, rebosa.

¡Cuántas veces he tenido que calmar mi sangre, lista a enardecerse e inflamarse! No es posible que hayas visto algo tan desigual, tan inquieto como este corazón; ¿pero tengo necesidad de decírtelo, a ti, mi amigo, que has sufrido tantas veces al verme pasar, a menudo, de una negra preocupación a una loca extravagancia; de una dulce melancolía al ardor de una pasión? Así gobierno a mi pobre corazón como trataría a un niño; le dejo pasar todos sus caprichos. No vayas a repetirlo, que hay quienes harían un crimen de esto.

15 de mayo

Las buenas gentes de la localidad me van conociendo y me quieren, sobre todo los niños. Al principio, cuando me acercaba a ellos y les hacía algunas preguntas con cariño, imaginaban que quería burlarme y me contestaban con brusquedad, casi brutalmente.

No me enojaba por eso, pero no dejé de sentir vivamente la verdad de una observación que antes había hecho: que ciertas personas de alta sociedad se apartaban de sus inferiores, como si el acercarse a ellos o dejar que se les acercaran debiera robarles la dignidad; y algunos casquivanos o majaderos se divierten y complacen en fingir familiaridad con el vulgo para hacerle sentir después su desprecio de manera asertiva.

Sé que no todos somos iguales ni podemos serlo; pero sostengo que quien se crea obligado a alejarse de lo que se llama el pueblo para mantenerlo respetado, no vale más que el cobarde que se oculta del enemigo, por miedo a que se le venza. Al venir uno de estos días a la fuente, encontré ahí a una jovencita que, después de haber llenado su cántaro, lo había puesto en la escalera y miraba hacia todos lados para ver si encontraba a alguna compañera que le ayudara a subirlo a su cabeza. Bajé las escaleras y le dije a los ojos:

—¿Quiere ayuda, señorita?

Se puso más encarnada que la grana y sólo atinó a decir:
—¡Oh, señor...!
—¡Vamos, vamos dejémonos de cumplidos! —repliqué.
La chica arregló su rodete sobre la cabeza, le puse el recipiente y muy agradecida subió las escaleras de la fuente.

17 de mayo

Conozco mucha gente, pero no tengo compañeros. No sé qué atractivo pueda haber en mi trato con los hombres; muchos me muestran afecto y hasta se complacen con mi amistad, pero veo siempre con pena que nuestros caminos difieren y no tardo en alejarme.
Si me preguntas cómo son las personas de este país, diré que iguales a todas. ¡El género humano es una cosa tan monótona! Casi todos trabajan la mayor parte del tiempo para vivir y su poco tiempo libre les pesa de tal modo, que buscan con ahínco el medio de usarlo en algo.
¡Oh, destino del hombre!
Sin embargo, estas personas son bienintencionadas. A veces, me olvido de mí y acudo a gozar con ellos los extraños placeres que a los mortales se conceden. Ya me siente en una mesa bien provista, en la que reinan cordialidad y alegría; ya demos un paseo en coche o improvisemos algún baile, cuando se presenta la ocasión propicia, sin preparativos de ningún tipo, esto me produce los mejores efectos; sólo que entonces es necesario olvidar y no recordar que hay en mí una gran cantidad de facultades latentes, que me veo obligado a ocultar con el mayor cuidado. ¡Ah, esto me oprime el corazón en alto grado! ¡Y sin embargo... no tener comprensión es nuestro destino!

¡Ah! ¿Por qué no existe ya la amiga de mis años mozos o por qué llegué a conocerla? Debería decirme: «Estás loco; buscas lo que no hallarás nunca». Pero la verdad es que he tenido esta amiga, que ha sentido latir ese corazón; que he conocido esa alma grande en cuya presencia me parecía ser más de lo que era, porque era todo lo que podía ser. ¡Santo Dios! ¿Había entonces una sola facultad de mi alma que estuviera ociosa?

¿No podía desentrañar con ella esa gran sensibilidad con que mi corazón abraza la naturaleza entera? ¿No era nuestro trato un cambio continuo de las sensaciones más delicadas, de los rasgos más expresivos, del espíritu más refinado, cuyas modificaciones todas, hasta en la impertinencia, llevaban marcado el sello del genio? Y ahora... ¡Ah! ¡Era mayor que yo y se me anticipó al sepulcro! Jamás la olvidaré; jamás olvidaré su juicio recto y firme, y menos aún su divina indulgencia.

Hace algunos días encontré al joven V***. Sus facciones son francas y simpáticas. Precisamente recién salió de la universidad y si no se cree un sabio, está convencido, al menos, de que destaca su conocimiento del de los demás. Le he probado en diferentes materias y contesta bien; en una palabra, no carece de instrucción. Cuando supo que dibujaba mucho y que conocía el griego (fenómeno en este lugar), no me dejó un momento; me dio a conocer toda su erudición, desde Batteux hasta Wood, desde Piles hasta Winckelmann. Me aseguró que había leído toda la primera parte de la teoría de Sulzer y que tenía un manuscrito de Heyne sobre el estudio del arte antiguo. Lo felicité por ello y seguí adelante.

Otro buen hombre que conozco es el mayordomo del príncipe, sujeto franco y honesto. Se dice que es una gloria verle en medio de sus nueve hijos. Parece que su hija mayor llama la atención más particularmente. Me ha dicho que vaya a verlo y pienso ir un día de estos. Vive en un pabellón o lugar de caza del príncipe a legua y media de aquí. Tras la muerte de su mujer obtuvo permiso para ir a vivir allá, pues el bullicio y la vida urbana, y sobre todo la vista de su hogar, sólo aumentaban su dolor. En cambio, en mis excursiones he hallado algunas caricaturas, entes muy empalagosos, cuyo trato y sus agasajos no soporto. Adiós.

Ésta es una carta escrita exclusivamente para ti; no es más que una historia.

22 de mayo

La vida humana se reduce a un sueño, esto es lo que muchos han creído, y tal idea no deja de perseguirme. Cuando me detengo a pensar en los estrechos límites en que están circunscritas las facultades activas e intelectuales del hombre; cuando veo acabarse todos sus esfuerzos por satisfacer algunas necesidades que no tienen más intención que prolongar la desgraciada vida; que toda nuestra confianza o tranquilidad sobre ciertos puntos de la ciencia, es sólo una resignación fundada sobre quimeras y ensueños, y producida por esta ilusión que cubre las paredes de nuestra prisión con pinturas diversas y perspectivas de luz; todo esto me deja mudo, amigo Wilhelm. Me reconcentro y encuentro en mi ser todo un mundo; pero un mundo fantástico, creado por presentimientos, por deseos sombríos, en el que no se halla ninguna acción viva. Todo nada, todo flota ante mí, cubierto de una espesa nube y yo me adentro en ese caos de ensueños con una sonrisa en la cara. Pedagogos, maestros, todos acuerdan que los niños no saben lo que quieren; pero que también nosotros, niños grandes, damos traspiés por este mundo sin saber de dónde procedemos o adónde nos dirigimos; lo mismo que los pequeños, obramos sin intención; igual que los niños nos dejamos llevar por golosinas de diferentes tipos o por el castigo; esto es lo que nadie quiere creer, ni convenir en ello; y según yo es, sin embargo, una cosa evidente.

En fin, concedo gustoso (porque sé lo que vas a contestar) que los venturosos sean aquellos que, como niños, viven al día, llevan su muñeca de un lugar a otro, la visten, le quitan la ropa, pasan y repasan respetuosos delante del cajón donde mamá tiene las golosinas y que cuando saborean alguna lo hacen ansiosos y a gritos piden más. Pues bien, sí, ¡he ahí criaturas afortunadas! ¡Venturosos también los que bautizan con un nombre pomposo o un título imponente sus fútiles ocupaciones e incluso sus mismas pasiones, para presentarlas al género humano como obras gigantescas, emprendidas para traerle mayor prosperidad o para salvarle!

Por mi parte, repito: buen provecho tengan, tanto ellos como los que quieran o puedan creer como ellos. Pero el que en su humildad reconoce lo inútil de todas esas vanidades; el que ve al hombre acomodado arreglar su jardín como un paraíso, y al mismo tiempo ve pasar a un desgraciado jornalero encorvado bajo el peso de una carga abrumadora, sin desanimarse, y que ambos en fin muestran el mismo interés en contemplar siquiera un minuto más la luz del sol; ese está tranquilo, crea su universo en sí mismo y se considera feliz sólo por ser hombre. Por limitado que sea su poder, abriga siempre en su corazón el sentimiento y sabe que puede dejar esta cárcel cuando así lo disponga.

26 de mayo

Tú conoces, hace mucho tiempo, mi modo de arreglarme; sabes cómo me gusta encontrar una cabaña en un sitio aislado donde pueda vivir con gran simplicidad. ¡Pues bien! Sabrás que he encontrado en este lugar un rinconcito seductor. Como a una legua de la ciudad, se tiende una campiña llamada Wahlheim. Situado en la cima de una colina, la vista del pueblo es muy pintoresca. Al subir el camino que lleva a él, se ve todo el valle con una sola mirada. Una mujer buena y servicial, ágil para su edad, tiene ahí una taberna o expendio de bebidas y se sirve café, vino y cerveza. Lo que llama la atención son dos tilos soberbios de ramas abundantes, que dan sombra a la plazuela, cuyo recinto lo cierran casas, pajares y corrales. Con dificultad se encontraría en otra parte un sitio más propicio para mis gustos: me hago traer una mesita y una silla; tomo mi café y leo mi Homero. La primera vez que la casualidad me llevó a este sitio era una tarde magnífica; encontré el lugar solo porque todo el vecindario estaba en el campo y sólo vi a un niño, como de cuatro años, que sentado en el suelo sostenía en sus piernas a otro niño de meses, sentado también, al que pegaba a su pecho con los brazos. A pesar de la vivacidad que brillaba en sus ojos negros, estaba muy quieto. Esta vista me encantó; me senté sobre un arado frente a ellos, tomé mis lápices y empecé a dibujar este cuadro fraternal con indescriptible placer; agregué un seto, la puerta de una granja, una rueda rota de carro y algunos otros aperos de labranza mezclados entre sí con poca claridad.

Después de una hora encontré que había hecho un dibujo bien estructurado, un cuadro muy interesante, sin haberlo pensado ni haber puesto nada de mi parte. Esto me confirmó en mi propósito de no atenerme más que a la naturaleza misma, porque ella sola es la que tiene riquezas inagotables y la que forma los verdaderos y grandes artistas. Mucho puede decirse a favor de las reglas y preceptos del arte, y más o menos lo mismo que puede decirse para alabar las leyes sociales. Un hombre que se conforma y atiene a ellas con rigor no produce nunca nada carente de sentido o positivamente malo, lo mismo que aquel que se conduce con arreglo a las leyes y a lo que exigen las conveniencias sociales no será nunca un mal vecino ni un insigne malvado; pero tampoco producirá nada notable, porque sin importar lo que se diga, toda regla, todo precepto, es una especie de traba que sofocará el sentimiento real de la naturaleza, hará estéril el verdadero genio y le quitará su verdadera expresión. Me dirás que tiene esto mucha fuerza. Pues bien, yo te diré que lo que hace la regla es podar las ramas chuponas, impedir que crezcan y se expandan. Escucha una comparación; sucede con esto como con el amor: un joven con el corazón virgen y sensible se apasiona por una joven amable y bonita; pasa todo el tiempo junto a ella; prodiga su fortuna; hace uso de todas sus capacidades para probarle en todo momento que es suyo del todo sin la menor reserva, y he aquí que se cruza un inoportuno revestido con el carácter de un ministerio público con su traje oficial y le dice: «Caballerito, amar es de hombres; ama, pues, pero ama como un hombre; arregla tus horas del día; consagra unas al estudio, al trabajo, y otras a tu ídolo; haz un cálculo preciso de tus rentas, de cuánto será lo superfluo que te quede después de haber cubierto todo lo necesario. No te prohíbo que le hagas algunos regalos, pero raras veces y en épocas mismas, como el día de su santo».

Si nuestro joven se conforma con seguir las indicaciones del entrometido, llegará a ser personaje muy útil y yo sería el primero en aconsejar a todo príncipe que lo colocara en algún ministerio; pero en lo que respecta a su amor, pronto habría huido, ¡y no digo menos de su talento si era artista!

¡Oh, amigos míos! ¿Por qué desbordan tan rara vez sus olas impetuosas sus almas deslumbradas? Esto se debe a que en las dos orillas habita gente grave y reflexiva, cuyas quintas y casas de descanso, sus cuadros de tulipanes y sus huertos, se veían inundados, arruinados, destruidos; y éstos producen personajes con un gran cuidado de construir diques y presas, de hacer sangrías al torrente, para que el peligro constante desaparezca.

27 de mayo

Como acabas de ver, me he dejado llevar por el entusiasmo, por la declamación, por las comparaciones y he olvidado completamente el concluir lo que había empezado a decir de los niños. Absorto en esta meditación sentimental sobre la pintura, de la que en mi carta de ayer no he dado sino algunas partes, sin orden ni ilación, te diré que estuve más de dos horas sentado sobre el arado. Al atardecer llegó una mujer joven con una cesta en el brazo; se dirige presurosa a los dos niños, que no se habían movido de aquel lugar, y grita desde lejos:

—Phillips, eres buen muchacho.

Al pasar me saluda y yo correspondo. Me levanto, me acerco y le pregunto si es la madre de los niños: me responde que sí y da al grande la mitad de un bollo; levanta al pequeño en brazos y lo acaricia y besa como sólo una madre puede hacerlo.

—Confié a Phillips esta criatura —me dice—, y he ido a la ciudad con el mayor a comprar pan, azúcar y una tartera de barro.

Vi en efecto todas esas cosas en la cesta, cuya tapa se había caído.

—Quiero hacer esta noche una papilla para mi Johan, el pequeño. Mi hijo mayor, que es muy travieso, rompió ayer la tartera mientras peleaba con Phillips por rebañar lo que había quedado pegado a ella.

Le dije que tendría gusto de ver al mayor y apenas terminó de responder que se había quedado atrás y andaba corriendo por el valle juntando los gansos, se presentó el chicuelo brincando y con una ramita de avellano en la mano que dio a su hermano. Yo seguí hablando con la mujer y me enteré de que era hija del maestro de escuela y que su esposo estaba en Suiza, lugar al que había ido a recoger la herencia de un primo.

—Han querido engañarle —me dijo—, y no contestaban a sus cartas; de modo que ha ido allá a ver por sí mismo lo que sucede. ¡Con tal que no haya sucedido una desgracia! Porque ya hace tiempo que no sé de él.

Tuve pena en separarme de esta mujer, le di unos céntimos a cada uno de sus hijos y algunos más a ella para que comprara un bollo al más pequeño cuando fuera a la ciudad, y nos separamos.

Te lo repito, amigo, cuando siento agitarse mi espíritu con violencia, la vista de una criatura basta para calmar su malestar: recorre el círculo estrecho de su pacífica vida en un feliz abandono; vive sin ocuparse más que en allegar lo necesario para vivir en el día; ve caer las hojas y no deduce nada más que el invierno se acerca.

Desde ese día voy a menudo a casa de esta buena mujer; los niños se han acostumbrado a verme y nunca tomo el café sin que deje de darles su terrón de azúcar, y al anochecer parto con ellos mis tostadas y mi leche cuajada. El domingo les doy unas monedas y si no estoy a la hora del oficio divino, la tabernera tiene la orden de dárselas.

Son muy confiados, me cuentan mil historias y nada me gusta más que ver sus pequeñas pasiones y la simplicidad de sus celos y envidias, cuando se reúnen alrededor de mí otros niños del pueblo.

Me ha costado trabajo tranquilizar a la madre, que temía mucho que «incomodaran al señor», según sus palabras.

30 de mayo

Lo que te contaba sobre la pintura puede decirse también de la poesía.

Sólo se trata de reconocer primero lo que es bello en verdad y después atreverse a expresarlo con franqueza. Esto en efecto es decir mucho en pocas palabras. Yo he sido hoy testigo de una escena que bien contada daría materia para romper el idilio más hermoso del mundo; ¿pero qué hacen aquí poesía, escena e idilio? ¿Es necesario trabajar siempre según las reglas del arte, sin violarlas ni romper sus trabas para participar de un efecto natural?

Si detrás de esta introducción esperas algo grandioso y sublime, te equivocas un poco; el que ha producido en mí una emoción tan viva es tan sólo un mozo de la aldea. Según mi costumbre, lo diré con torpeza y según la tuya, creerás que exagero. Es todavía Wahlheim y siempre Wahlheim que produce estas maravillas.

Bajo los tilos se habían congregado muchas personas para tomar café: y como la concurrencia no era de mi completo agrado, me alejé con un pretexto. Salió un joven aldeano de una casa contigua y se puso a componer el arado que yo había dibujado por aquellos días; me acerqué a él y le hice algunas preguntas sobre su situación; nos conocimos y como me pasa a veces con los de su clase, pronto llegamos a las confidencias. Me contó que servía en casa de una viuda que se portaba muy bien con él. Me habló tanto de ella, tantos elogios tuvo para ella, que pronto descubrí que sentía una gran pasión.

—Ya no es joven —me dijo—; su primer marido le dio muy mala vida y no quiere volver a casarse.

Todo lo que me decía descubría el atractivo y belleza que conserva para él y con qué ardor deseaba se dignara a elegirlo, para reparar con su cariño los atropellos padecidos con su primer marido. Sería necesario repetirte su conversación para dar idea de la inclinación pura, de amor y la alegría de este hombre. Sí, sería preciso tener el talento de los mayores poetas para representar lo vivo, lo expresivo de sus ademanes, lo armonioso de su voz, el fuego concentrado y la ternura que se veía en sus ojos. No, no hay palabras capaces de transmitir el tierno y delicado cariño que embargaba todo su ser y que daban a conocer cada una de sus expresiones; y si tratara de hacerlo, no produciría más que cosas torpes y frías.

Me llamó la atención sobre todo y me conmovió al extremo su temor de que interpretara mal las relaciones con su ama y que sospechara de su buena conducta. Sentí un delicioso encanto al oírle hablar de ella, de su gracia, que a pesar de haber perdido ya los hechizos de la juventud, le atraía y le apasionaba de tal modo. Este placer, no obstante, no lo siento sino en lo hondo del corazón. Nunca había visto deseos más ardientes, más apasionados y vehementes, acompañados al mismo tiempo de tanta pureza; y podría incluso decir que ni siquiera había imaginado, ni en sueño, que pudiera existir tal pureza. No vayas a regañarme si te confieso que al acordarme de esta simple inocencia, se exalta mi alma; que me persigue por todas partes la imagen de esta ternura tan real, tan delicada y vehemente, y que como si estuviera poseído de los mismos fuegos, me abraso, languidezco y me siento morir devorado.

Trataré de ver lo más pronto posible a esa mujer. Pero no; si estoy en mi juicio, no he de hacerlo. La veo por los ojos de su amante y esto vale más, porque tal vez no se presentará a los míos tal como a él se apetece.

¿Y con qué fin desfigurar su imagen?

16 de junio

¿Por qué no te escribo? ¡Y puedes preguntarlo, tú, uno de los mayores sabios de la tierra! Debías adivinar que me encuentro bien, muy bien; en un palabra, que he hecho un conocimiento que toca a mi corazón muy de cerca. Tengo... tengo... No sé qué. Contarte por orden y detalladamente cómo he llegado a conocer a una de las criaturas más amables del universo sería tarea apoteósica. Estoy contento y soy dichoso; por ende, soy mal historiógrafo.

¡Un ángel! ¡Ay! Todos dicen otro tanto del dueño de su alma. ¿No es verdad? Y sin embargo, como decirte lo perfecta que es, porque lo es.

Basta; ella abarca todos mis sentidos, los domina. ¡Tanta ingenuidad unida a tanto ingenio!, ¡tanta bondad con tanta fuerza de carácter! ¡Y la tranquilidad del alma en medio de la vida más agitada!

Todo lo que digo de ella no es más que una plática incoherente, lastimosas abstracciones que no dan a conocer ni un ángulo de su personalidad. Otro día... no, ahora mismo, te lo voy a decir. Si no lo hago ahora, no lo haré nunca; porque debo decir que desde que empecé a escribir, he estado a punto tres veces de tirar la pluma, hacer ensillar mi caballo e irme a recorrer el país, aunque me hubiera propuesto esta mañana quedarme aquí. Me asomo a la ventana todo el tiempo para ver si el sol sigue muy alto.

No he podido resistir. He tenido que ir a su casa y ya he regresado, mi querido Wilhelm. Cenaré mi manteca mientras te escribo. ¡Qué delicia para mí contemplarla rodeada de sus ocho alegres y traviesos hermanitos!

Si siguiera escribiéndote de este modo, quedarías tan enterado al principio que al final. Pon atención, que voy a violentarme para entrar en detalles.

Ya te escribí en fechas recientes cómo había conocido al mayordomo S*** y cómo me había invitado a ir a verle en su retiro o más bien en su pequeño reino. Hice poco caso de esta invitación y quizá no habría vuelto a recordarlo. Si la casualidad no me muestra el tesoro oculto en su retiro.

Los mozos del pueblo daban un baile campestre y asistí. Ofrecí la mano a una agraciada señorita, amable pero insulsa. Se acordó que yo conduciría a mi pareja y a su prima, en coche, al lugar de la fiesta y que recogeríamos a Charlotte S***.

—Va usted a conocer a una mujer muy hermosa —dijo mi pareja al llegar a la soberbia calle o más bien paseo bordado de árboles generosos que conduce a la quinta—. Cuidado con enamorarse.

—¿Y por qué? —le pregunté.

—Porque está comprometida con un hombre honrado —contestó—, ausente en este momento arreglando negocios por el deceso de su padre y al mismo tiempo para conseguir un empleo ventajoso. Estos datos, te diré, los oí con total indiferencia.

El sol iba a esconderse detrás de las montañas cuando llegamos a la puerta de entrada. El aire era pesado y difícil era respirar, se veían arremolinarse en el horizonte ingentes y numerosos nubarrones de un color oscuro. Las jóvenes manifestaban sus temores de una tormenta próxima y aun cuando yo mismo estaba convencido de ello y auguraba que la fiesta fracasaría, traté de calmarlas con mis fingidos conocimientos meteorológicos.

Me bajé del coche y al mismo tiempo se presentó una criada y nos pidió esperar un momento a la señorita Charlotte, que iba a bajar enseguida.

Atravesé el patio, subí la escalinata que llevaba a la entrada de la linda casa y cuando pasé por el vestíbulo, presencié el espectáculo más encantador que hubiera visto. Seis niños, entre dos y once años, estaban agrupados en torno a una joven de estatura media, pero bien formada, cuyo traje era un simple vestido blanco adornado con lazos de color de rosa en marchas y pechera.

Tenía un pan casero en la mano y a cada niño le daba un pedazo según su edad y apetito. Los niños levantaban sus manitas y luego de recibir la merienda, los más vivos se fueron con ella muy alegres y los más calmados se dirigieron con prudencia a la puerta para ver a los forasteros y el coche donde debía subir su querida Charlotte.

—Pido a usted mil perdones —me dijo—, por haberle dado la molestia de llegar hasta este lugar y por hacer esperar a esas señoras; pero ocupada primero en vestirme y después en arreglar lo que ha de hacerse en casa en mi ausencia, me olvidé de dar de comer a mis pequeños, y no hay quien les haga tomar el pan si yo no lo parto.

Respondí con un trivial cumplido, porque mi alma entera estaba fija en sus labios, absorta de oír el timbre de su voz y de contemplar su gallardía.

Corrió a su habitación por los guantes y el abanico, y mientras pude reponerme de mi trastorno. Los niños no se atrevían a acercárseme y me miraban de reojo; fui hacia el más pequeño, que era una criatura preciosa. El chiquillo huyó, pero en ese momento Charlotte entró y dijo:

—Ludwing, ven a dar la mano a tu primo.

El muchacho dejó la timidez y obedeció. Yo no pude menos que besarle efusivo, a pesar de que su cara estaba llena del dulce de la merienda.

—¡Primo! —repetí yo, mientras estiré la mano a Charlotte—. ¿Me considera en verdad digno de la dicha de ser familiar suyo?

—¡Oh! —contestó ella con maliciosa sonrisa—. ¡Tenemos tantos primos! Lo que sentiría es que fuera usted el peor de todos.

Al marchar recomendó a Sophie, la mayor de las hermanitas, de unos once años, que tuviera mucho cuidado de los pequeños y que no olvidara dar las buenas noches a su papá cuando volviera a casa; a los niños dijo:

—Ustedes obedezcan a su hermana Sophie como si fuera yo misma.

Algunos prometieron hacerlo, pero una rubita muy viva, de a lo mucho seis años, le dijo con aire de importancia:

—Sophie no es lo mismo que tú, a ti todos te queremos más.

Los dos chicos mayores se habían encaramado al coche y ante mis ruegos, Charlotte les permitió que fueran con nosotros hasta el bosque, con tal que prometieran no hacer ninguna travesura.

Poco después de instalarnos en el coche y luego de saludarse las señoras e intercambiar algunas observaciones sobre los trajes, y sobre todo de los sombreros, con su poco de murmuración, inevitable en estos casos, dirigida contra las personas que habríamos de ver, Charlotte hizo detener el carro y pidió a los niños que se bajaran; éstos obedecieron en el acto, rogando a Charlotte que les diera a besar su mano; el mayor lo hizo con la tierna efusividad de los quince años y el menor con mucha viveza. Charlotte les encargó que dieran mil caricias de su parte a los otros hermanitos. Seguimos nuestro camino.

La primera le preguntó si había acabado de leer el libro que ella le había enviado.

—No —dijo Charlotte—, no me gusta y puedes llevártelo; el anterior no era mucho mejor.

Yo quise saber de qué libros se trataba y quedé admirado al conocer que eran las obras de X. Encontraba tan buen juicio en sus apreciaciones, tanto sentido en todo lo que decía; descubría encantos nuevos en todas sus palabras y veía brillar rayos de inteligencia en su cara, que la iluminaban, que poco a poco se llegaba a distinguir en su semblante la alegría que sentía de que la comprendiera.

—Cuando era más joven —dijo—, nada me gustaba como leer novelas. Dios sabe qué placer me causaba pasar el domingo entero en un rincón solitario, participando de la dicha o de las desgracias de una miss Jenny. No niego que este género no tenga todavía para mí algunos atractivos; pero como en el día son muy escasos los momentos libres que me quedan para coger un libro, es preciso por lo menos que sea de mi agrado. El autor que prefiero es aquel que me pone en contacto con los de mi clase y sabe animar todo lo que me rodea; aquel cuyas historias son tan caras a mi corazón como a mi vida interior, que sin ser un paraíso, es para mí un manantial de inexpresable felicidad.

Hice esfuerzos para ocultar la emoción que me producían sus palabras; pero no mucho tiempo, porque al oírla hablar del vicario de Wakefield y de X, con precisión y verdad conmovedoras, no me pude contener y me empecé a disertar entusiasta, como transportado y fuera de mí.

Hasta que Charlotte se dirigió a sus dos compañeras, me percaté de que estaban ahí, con los ojos abiertos al extremo, pero como si no estuvieran. La prima me miró con aire malicioso y socarrón, pero fingí no verla. Enseguida se habló del placer del baile.

—¿Será un defecto esa pasión? —dijo Charlotte—. He de decir que no conozco nada superior al baile. Cuando alguna pena me embarga y quiero mitigarla, me siento al clave, toco una contradanza y de inmediato todo se me pasa.

¡Con avidez miraba sus bellos ojos negros! ¡Con qué ardor contemplaba sus labios rosados, sus frescas mejillas tan animadas, sintiéndome como encantado mientras hablaba! Sumido como en un éxtasis de admiración por lo sublime y exquisito que ella decía, me sucedía con frecuencia no oír las palabras que pronunciaba, ni concentrarme en los términos que utilizaba.

¡Ah! Tú que me conoces entenderás lo que me pasaba. En una palabra, bajé del carruaje como sonámbulo y seguí caminando como un hombre perdido, inmerso en un mar de ensueños, y cuando llegamos a la puerta de la casa donde era la reunión, no sabía dónde me encontraba.

Tan absorta estaba mi imaginación, que no sentí el ruido de la música que oía en la sala de baile, con iluminación brillante. Los dos caballeros, Audran y un tal N. (¿cómo es posible retener en la memoria todos esos nombres?), que eran las parejas de baile de la prima y de Charlotte, nos recibieron al bajarnos del coche y se apoderaron de sus damas. Yo conduje a la mía a la sala de baile. Se empezó a bailar un minué, en el que nos entrelazábamos unos con otros; yo saqué a bailar a una señorita, luego a otra y me impacientaba ver que eran justo las más feas las que no podían decidirse a darme la mano para terminar. Charlotte y su acompañante empezaron a bailar una contradanza. ¡Qué grande fue mi gozo, como debes imaginar, cuando le tocó venir a hacer figura delante de mí! ¡Verla bailar es admirarla! Su corazón, su alma completa, todo su cuerpo tienen perfecta armonía; son tan libres, tan sueltos sus movimientos, que parece que en esos momentos no ve, ni siente, ni piensa en otra cosa; y se diría que por instantes todo se desvanece y desaparece ante sus ojos.

Yo la comprometí para la segunda contradanza, pero ella me prometió la tercera, al decirme con total confianza que le encantaba bailar las danzas alemanas.

—Aquí se acostumbra y es moda —me dijo—, que para las danzas alemanas, cada uno conserve su pareja; pero mi caballero baila mal el vals y me dispensará, con gusto, si yo le dejo y le excuso de ello. Su pareja está poco al corriente de ese baile y tampoco procura aprenderlo. En cambio, he notado en la contradanza que usted lo hacía muy bien; propongo a mi caballero que le ceda su turno de vals y yo haré la misma solicitud a su pareja.

Yo le di la mano en señal de aceptación del convenio y de inmediato quedó arreglado que su caballero entretendría durante la pieza a mi pareja.

El baile dio inicio. Al principio nos entretuvimos en hacer varias figuras con los brazos. ¡Qué gracia, qué soltura en todos sus pasos! Cuando llegó el vals y empezamos a dar vueltas unos alrededor de otros, aunque en un inicio nos explayamos con desahogo, como había pocos bailarines que estuvieran al corriente, se dio una confusión extraordinaria.

Nosotros tuvimos la prudencia de dejarlos desenredarse poco a poco y los más torpes abandonaron el lugar; entonces nos adueñamos nosotros del salón y empezamos a bailar con nuevo ardor. Audran y su pareja fueron los únicos que siguieron con nosotros.

Jamás me había sentido tan ágil, ya no era un hombre. ¡Tener entre sus brazos a la más amable de las criaturas! ¡Volar con ella como torbellino que anuncia la tempestad! ¡Ver pasar todo, eclipsarse todo ante mis ojos y a mi alrededor! ¡Sentir! ¡Oh, amigo mío! Si he de ser franco, diré que entonces hice el juramento de no permitir nunca que una joven que yo amara y sobre la cual tuviera algún derecho, bailase con ningún otro hombre, aunque para impedirlo, corriera el riesgo de perecer. Creo que me comprendes.

Para recuperar el aliento y descansar un poco, dimos algunas vueltas por la sala, paseando, y ella se sentó enseguida. Yo le ofrecí dos naranjas que había reservado, porque ya no había ninguna en el aparador, y fueron recibidas a la perfección en aquel calor. Yo estaba enajenado, pero una indiscreta vecina que se encontraba al lado de Charlotte, me daba una puñalada al corazón cada vez que aceptaba un gajo de naranja que se le ofrecía.

En la tercera contradanza inglesa formábamos la segunda pareja. Al recorrer toda la columna, Dios sabe con qué delirio seguía yo sus pasos, cómo me embriagaba con sus ojos negros, en los que veía brillar el placer en su pureza completa. Nos tocó hacer figura delante de una mujer que sin ser muy joven, me había llamado la atención por su grata fisonomía; esta mujer miró a Charlotte, sonriendo y amenazándola con un dedo pronunció dos veces, al pasar, el nombre de Albert con un tono significativo.

—¿Quién es Albert —le dije a Charlotte—, si no es indiscreción preguntar?

Iba a contestar, pero nos tuvimos que separar para formar la gran cadena de ocho y me pareció ver ensombrecida su frente cuando volví a pasar frente a ella.

—¿Por qué se lo iba a ocultar? —me dijo al darme la mano para el paseo—. Albert es un hombre honrado con quien estoy comprometida.

Esta no era noticia para mí, pues sus amigas me lo habían advertido durante el camino: pero ahora, después de que habían bastado algunos instantes para tomarle tanto cariño y aprecio, estas palabras me perturbaron como si hubiera recibido un golpe inesperado. Esta noticia me trastornó por completo y su recuerdo me dejo atontado y en términos que ni sabía lo que hacía, ni dónde estaba, y este olvido de mí mismo fue tan grande que no supe ni puede hacer a tiempo la figura que seguía, y de tal modo confundí el baile, por lo que fue necesario que con toda su presencia de espíritu, Charlotte me tomara de la mano, como a un niño, y me sacara de aquel caos, para poder restablecer el orden.

Los relámpagos que brillaban en el horizonte y que yo calificaba de simples exhalaciones de calor, empezaron a ser cada vez más frecuentes y el estampido del trueno llegó a esconder los acordes de la orquesta. Tres señoritas dejaron en el acto de bailar y sus parejas las siguieron.

Se generalizó la desbandada y enmudeció la música. Cuando una desgracia nos sorprende en medio del placer, parece natural que suframos una impresión más viva que cuando se produce en otras condiciones, bien porque el contraste se deje de sentir con mayor viveza o porque nuestra impresionabilidad sea mayor. A una de estas razones debo atribuir las singulares actitudes que noté en algunas señoras. Una de ellas se metió en un rincón, de espalda a la ventana, y cubrió sus oídos. Otra se arrodilló delante de la primera y oculta la cabeza entre las piernas de ella. Una tercera se acercó y las estrechó en sus brazos derramando un copioso torrente de lágrimas.

Algunas querían volver a casa; otras, todavía más fuera de control, ni siquiera conservaban la entereza para rechazar las travesuras de nuestros perillanes, muy solícitos y presurosos en robar de los labios de las bellas atemorizadas, los fervientes ruegos que dirigían al cielo.

Parte de los hombres habían salido de la sala de baile y bajado al patio para fumar sus pipas con tranquilidad. El resto de la concurrencia siguió a la dueña de la casa que tuvo la gran idea de hacernos pasar a otra sala cerrada con contraventanas y cortinas. Apenas llegamos ahí, Charlotte hizo un círculo con las sillas, tocó a todos sentarse y propuso un juego de prendas. Al oír esta proposición vi a muchos fruncir alegremente los labios con esperanza, sin duda, de conseguir un beso para desempeñar la prenda. Cuando todos se sentaron:

—Vamos a jugar —dijo—, el juego de la cuenta. Escuchen y pongan atención. Yo daré vueltas en el círculo de derecha a izquierda y mientras ustedes contarán. Cada uno tiene que decir el número correspondiente y todas estas cifras deben sucederse como un fuego graneado: el que se pare o se equivoque recibirá una cachetada; y así debemos contar hasta mil.

¡Oh, qué hermosa lucía en aquellos momentos! Empezó a dar vueltas con los brazos estirados, contando el primero uno; dos, el siguiente; tres, el tercero, y así sucesivamente. Poco a poco la joven aceleró el paso. Uno se equivocó y ¡pum!, recibió una cachetada; el siguiente se rio y perdió la cuenta, y para este momento Charlotte iba más aprisa. A mí me tocaron dos bofetones y creí notar con honda satisfacción que fueron más fuertes que las de mis compañeros. La risa y algarabía general terminaron el juego, antes de que alcanzáramos el mil. Algunas parejas formaron grupos separados; había pasado ya la tormenta y acompañé a Charlotte a la sala donde habíamos bailado. En el camino me dijo:

—Los golpes les han hecho olvidar la tormenta y todo lo demás.

No atiné a responder.

—Yo era una de las más medrosas, pero haciéndome la valiente para animar a las demás, he logrado en verdad no tener miedo.

Enseguida nos asomamos a la ventana. Aún se oía a lo lejos el rugido del trueno; la lluvia refrescante caía con un murmullo y los más deliciosos aromas llegaban a nosotros; un aire puro y fresco nos traía los balsámicos perfumes que se desprendían de todas la plantas.

Recargada en su codo, con aspecto pensativo, sus miradas recorrían toda la campiña; fijó sus ojos en el cielo, luego en mí y noté en ese momento anegados sus ojos de lágrimas; puso su mano en la mía y dijo:

—¡Klopstock!

Recordé la maníaca oda a que se refería (aquélla en la que el poeta celebra la belleza de la naturaleza después de una tempestad) y el nombre de Klopstock me produjo gran cantidad de impetuosas sensaciones, a las que me abandoné con toda mi alma. No pude resistir los impulsos de mi corazón; estaba conmovido en lo más hondo; lloraba de felicidad e inclinándome hacia Charlotte, besé sus manos y luego levanté la mirada en busca de los suyos. ¡Klopstock, noble poeta! ¡Genio sublime! ¿Por qué no has podido ver tu apoteosis en estas miradas? ¡Ojalá no oyera a nadie profanar ya tu augusto nombre!

¿Adónde llegaba con mi relación? Te aseguro que yo lo ignoro; todo lo que sé y lo que recuerdo es que cuando me fui a dormir eran las dos de la mañana. ¡Ah! Si hubiera estado junto a ella, en lugar de escribir, te habría hablado quizá hasta la mañana.

No te he contado aun lo que me sucedió cuando regresamos del baile y hoy no tengo tiempo para hacerte una relación detallada. El sol salía con toda su majestad e iluminaba el bosque. Se veían brillar en las extremidades de las ramas y en las hojas de los árboles las gotas de la lluvia o del rocío, y el verdor de los campos era más fresco y vivo.

Nuestras dos acompañantes dormían y ella me preguntó si no haría lo mismo.

—Si tiene sueño —me dijo—, no gaste cumplidos.

—¿Dormir, dormir yo mientras vea esos ojos abiertos? —le respondí con mi mirada fija en la suya. Me sería imposible cerrarlos.

Y en efecto ambos seguimos despiertos hasta llegar a su puerta. Una criada la abrió sin ruido y después de interrogarla, le respondió que sus padres y los niños dormían profundamente. Yo me separé de ella tras haberle pedido permiso para visitarla aquel mismo día; ella aceptó y estoy de regreso.

Desde entonces el sol, la luna y las estrellas pueden salir y ocultarse cuando y como quieran, yo no sé ya cuándo es de día ni cuándo es de noche, cuándo hace sol o cuándo hace luna; para mí ha desaparecido el universo en su totalidad.

21 de junio

Mis días son tan felices como los que Dios reserva y hace gozar a los elegidos; pase lo que pase, en adelante no podré decir que no he conocido el gozo y la alegría; el gozo y la alegría más puros de esta vida.

Tú conoces mi Wahlheim; en él me he instalado en definitiva. Desde aquí sólo tengo que caminar media legua para ir a casa de Charlotte, en la cual gozo de mí mismo; disfruto de toda la felicidad que puede gozar el hombre.

¿Cómo hubiera podido imaginar, cuando escogí Wahlheim para mis paseos, que se hallaba tan cerca del paraíso? ¡Cuántas veces al vagar sin objeto por esos lugares, bien fuera por la cumbre de la montaña o por la llanura, o más bien, más allá del río, he dirigido la mirada a ese pabellón que encierra hoy el objeto de todos mis deseos.

Mil veces he reflexionado, querido Wilhelm, sobre ese deseo natural que tiene el hombre de ampliarse, de hacer descubrimientos, de abarcar y dominar todo lo que le rodea; y después, por otro lado, sobre ese segundo pensamiento interior que le asalta, de enterrarse a voluntad en ciertos límites, de no salir del surco trazado por la costumbre, sin ocuparse de lo que sucede y pasa a diestra y siniestra.

¡Qué extraña sensación! Cuando yo vine aquí y recorriendo por vez primera estas colinas descubrí un valle muy risueño, sentí de inmediato atracción por estos sitios, como por un efecto mágico. ¡Allá, a lo lejos, el bosque! «Ah, pensaba yo de mí, si pudieras pasearte por sus sombras».

Más alto, la cima de los montes. ¡Ah, si pudieras pasear la mirada desde ahí por este extenso y exquisito paisaje... sobre esta cadena de colinas... sobre esos pacíficos valles... ¡Oh, qué placer de perderme... de extraviarme en esos lugares...! Yo iba, venía, lo recorría todo sin encontrar lo buscado. Hay cosas distantes que vemos como un confuso futuro y nuestra alma llega a entrever, como por un velo, un extenso universo; todos nuestros sentidos aspiran a encontrarse en él y a él se dirigen; y en esos momentos nos gustaría despojarnos de todo nuestro ser, para penetrar en él y gozar por completo de la sensación deliciosa y única, y entonces corremos... volamos... Pero, ¡ah!, cuando hemos llegado al término del recorrido, estamos en el mismo punto; nos encontramos con nuestra pobreza en estrecho límites y agobiada el alma por el peso de ese fantasma que la oprime, suspira sin consuelo y ansía probar el bálsamo refrigerante que ha desaparecido frente a ella.

Así suspira el hombre errante, en medio de su existencia accidentada e inquieta, por su patria. En su cabaña, en los brazos de su mujer, rodeado de sus hijos, y en los deberes que le imponen y en las preocupaciones que le traen los deberes que exige su conservación, encuentra el verdadero gozo, la satisfacción real que buscaba de manera vana e inútil en todos los rincones de este enorme mundo.

Con mucha frecuencia, al despuntar el alba, salgo corriendo y voy a mi querido Wahlheim; voy a buscar yo mismo mis guisantes al huerto de mi huésped y me distraigo en mondarlos mientras leo a Homero; después me voy a la cocina a elegir una vasija, a cortar mi mantequilla y poner los guisantes en la lumbre; me siento al pie del hogar y los meneo de vez en vez. En esos momentos me represento a los fieros amantes de Penélope, degollando, despedazando y haciendo asar los bueyes y los cerdos. No hay nada en el mundo que me dé más placer que el considerar estos rasgos característicos de la vida, patriarcal, con los que gracias al cielo puedo sin daño entrelazar el tejido de mi vida.

¡Qué dichoso me siento de poder sentir la inocente y sencilla felicidad del moral que me ve sobre su mesa figurar la berza que él ha plantado!

No disfruta sólo el placer de saborearla, sino del recuerdo de la hermosa mañana en que la plantó, de las apacibles tardes en que la regó y del gusto que le traía verla crecer y redondearse cada día. Todos estos placeres y fruiciones las saborea él en aquel solo momento.

29 de junio

Anteayer vino el médico de la ciudad a visitar al mayordomo y me halló sentado en el suelo, en medio de los niños de Charlotte. Unos saltaban alrededor de mí o se subían en mis rodillas; otros me hacían gestos; yo les hacía cosquillas y la algazara era grande y la alegría, muy ruidosa. El doctor es un arlequín pedante que al hablar, cuida más de estirarse los puños de la camisa, de arreglarse las chorreras, que de lo que dice.

Al verme en esta posición, jugando con los niños, le pareció que yo me rebajaba en mi dignidad de hombre sensato y juicioso; pero a pesar de que yo me di cuenta de ello, por sus modos, no cambié de postura por eso y seguí divirtiéndome. Le dejé decir todas las cosas razonables y justas que se le ocurrieron y me ocupé de volver a levantar el castillo de naipes que los niños habían derribado.

En cuanto volvió a la ciudad, lo primero que hizo fue contar a las personas que encontraba y querían oírle: «Los niños del magistrado estaban ya muy mal educados, pero ese Werther los acaba de echar a perder por completo». Sí, querido Wilhelm, los niños son lo que conmueve más mi corazón en la tierra. Cuando me detengo a mirarlos y veo en esos pequeños el germen de todas las facultades que necesitarán practicar algún día; cuando descubro en sus caprichos o terquedades la futura constancia y firmeza de carácter, o en sus travesuras y en su malicia el humor fácil y alegre que hace olvidar las penas y los contratiempos de la vida, y todo esto de una manera franca y total, no dejo de repetirme siempre estas palabras divinas del maestro.

Mientras no llegues a ser como éstos... Pues bien, mi amigo, a estos niños, estas amables criaturas que deberíamos considerar modelos, los tratamos como esclavos. ¿Por qué no han de tener ellos también una voluntad personal? ¿No tenemos nosotros la nuestra? ¿En qué se basa o está fundada esta prerrogativa? ¿Es porque nosotros tenemos más edad y somos más serios? ¡Dios piadoso! Desde la inmensidad de tu gloria, ves a los niños grandes y a los pequeños, y nada más, y hace mucho tiempo que has declarado por boca de tu hijo, quiénes son con los que más te complaces.

Los hombres creen en él, pero no lo escuchan, y nunca han obrado de otra manera. Forman a sus hijos semejantes a ellos y... Adiós; prefiero callar que seguir con este desvarío.

1 de julio

¿Quién puede saber mejor lo que debe ser Charlotte para un enfermo sino mi propio corazón, más dolorido que el desgraciado paciente acostado en su lecho? Algunos días va a visitar a una señora respetable de la ciudad que, según dictamen de los facultativos, le queda poco tiempo de vida y desea tener a Charlotte a su lado en los últimos instantes. Le acompañé la semana pasada a hacer una visita al pastor de san***, a una legua de aquí, en la montaña. Llegamos cerca de las cuatro de la tarde, acompañados de la segunda hermanita de Charlotte. Al entrar en el patio de la casa, sombreado por dos grandes nogales, vimos al buen anciano sentado en un escaño en la puerta de su casa. Tan pronto vio a Charlotte, se sintió reanimado con vigor juvenil y sin recoger su báculo nudoso, se aventuró a levantarse para acudir a su encuentro.

Charlotte corrió hacia él y lo hizo volver a su lugar, se sentó a su lado; le dio los afectuosos recuerdos de su padre y acarició y besó a un pequeño que era el niño mimado del anciano, a pesar de lo feo que era y de lo sucio que estaba. Necesario fuera que hubieras visto las atenciones delicadas que tenía con el anciano pastor; cómo elevaba la voz para alcanzar a los débiles y medio cerrados oídos, cómo le hablaba de las personas jóvenes y robustas que habían muerto de manera súbita, de la excelencia de las aguas de Carlsbad y de su acertada decisión de tomarlas el verano próximo, sin omitir al mismo tiempo que le hallaba muy mejorado con relación a la última vez que le había visitado.

Mientras, yo saludé y presenté mis cumplidos a la esposa. El buen anciano se mostraba alegre al extremo y no pude menos que expresar la admiración que me provocaban la hermosura y abundancia de los dos nogales en cuya sombra nos cubríamos. De inmediato, aunque de una manera un poco pesada, empezó a contarnos la historia de estos árboles.

—El más viejo —dijo—, no se sabe quién lo plantó: tal pastor, dicen éstos; tal otro, dicen aquellos; sobre el más joven (precisamente es de la edad de mi mujer, que cumplirá 50 años en octubre), su padre lo plantó en la madrugada del día en que nació por la tarde. Su padre fue mi antecesor y no puede decirse con justicia hasta qué punto quería él este árbol, aunque seguro no mucho más que yo. La primera vez que vine aquí, siendo entonces un pobre estudiante, mi mujer estaba sentada en un madero, haciendo media, al pie de este árbol, en este mismo patio. Hará de esto como... como... unos 37 años... Sí... 37 años.

Charlotte le dijo que tendría gusto de ver a su hija Friederike, pero ésta había bajado a la pradera con Schmidt para ver a los trabajadores, y el buen hombre prosiguió con su historia. Nos dijo que su predecesor le había tomado afecto, así como también su hija; cómo llegó a ser su vicario y por último su sucesor. Apenas acababa de terminar la historia, cuando entró la joven al patio acompañada de Schmidt y dio a Charlotte una bienvenida amistosa. Debo confesar que no me desagradó: es una joven trigueña, vivaracha, bien formada y su trato haría pasar algunas horas muy gratas en el campo a su lado. Su pretendiente, pues por supuesto juzgué que lo era Schmidt, es un hombre bien educado, pero frío, y no despegó los labios ni participó en la conversación, por más que trató Charlotte para invitarle. Lo que más me desagradó fue observar en su fisonomía que obraba así más bien por capricho y mal humor, que por falta de ingenio o de instrucción. Esta suposición se confirmó con lo que ocurrió después en el paseo, porque hallándose Friederike separada, por casualidad, de Charlotte unos cuantos pasos, y a mi lado, vi enfadarse el semblante de nuestro enamorado, y su rostro, bastante encapotado ya sin esto, tomó un aspecto sombrío de mal género.

Felizmente, Charlotte después de notarlo, me agarró de la manga, dándome a entender con señas que yo me mostraba demasiado amable con Friederike. Nada me desconsuela más que ver a los hombres atormentarse unos a otros; y, sobre todo, me irrito cuando veo a jóvenes en la flor de la juventud, cuyo corazón debería estar más abierto y accesible a todos los goces, sembrar en él la perturbación y la desconfianza, y arruinar de ese modo los cortos instantes de dicha que se les concede, muy escasos, dicho sea de paso; momentos que una vez idos no regresan nunca y que no dejan en su lugar sino pesares estériles. Yo me sentí picado, casi ofendido. Al ver caer la tarde volvimos al patio a tomar leche y se orientó la conversación hacia las penas y los goces de este mundo: aprovechando la ocasión, tomé la palabra y me puse a atacar con viveza el mal humor.

—Nos quejamos muchas veces —dije— de lo raros que son los días felices y lo muy abundantes y frecuentes que son los días malos; y a mi parecer, nos quejamos sin motivo. Si tuviéramos listo el corazón en todo momento para gozar del bien que Dios nos envía, tendríamos de igual forma la fuerza de soportar el mal cuando sobreviene.

—Pero nuestro humor no está en nuestro poder, no somos dueños de él —expresó la mujer del pastor—; con mucha frecuencia depende de nuestra condición física, la menor indisposición nos hace mirarlo todo con colores sombríos. Ante lo cual estuve de acuerdo.

—Vamos a considerarlo entonces una enfermedad —continué—, y descubramos si tiene remedio o no.

—Admitido —dijo Charlotte—; pero yo creo que depende de nosotros en gran medida y esto lo sé por experiencia. Cuando me molesta o me apena algo, no tengo más que dar unas cuantas vueltas por el jardín, tarareando alguna contradanza, y en el acto se me quita el mal humor.

—Es eso lo que quería decir —agregué—. Sucede con el mal humor lo mismo que con la pereza, a la que nuestra naturaleza es muy propensa; y sin embargo, tenemos bastante fuerza para sacudirla y alejarla, el trabajo sale sin esfuerzo de nuestras manos y sentimos un verdadero goce con nuestra actividad.

Friederike escuchaba atenta y el joven me presentó la objeción de que algunas veces no se es dueño de sí mismo o que al menos no se puede controlar los sentimientos.

—Aquí se trata —repuse— de un sentimiento poco grato del que todos se podrían deshacer con gusto y nadie sabe hasta dónde puede llegar su fuerza mientras la haya probado. De seguro que el que se siente enfermo recurrirá a los facultativos y no se negará a respetar el régimen que le impongan, por rígido que sea, ni a tomar las medicinas que se le prescriban por amargas que resulten, con el interés de recobrar la salud, que nos es tan preciada.

Advertí que el buen anciano oía con atención para tomar parte en nuestra charla y alzando la voz y dirigiéndole la palabra, agregué:

—Se predica contra muchos vicios, pero nunca he oído a alguien decir que se predicara desde el púlpito contra el mal humor.

—Eso corresponde a los predicadores de la ciudad —respondió el anciano—, porque los aldeanos no conocen ni el mal humor ni el capricho. No dañaría a nadie, sin embargo, tocar de vez en cuando ese punto; sería una lección para la esposa del pastor, por lo menos, y para el señor magistrado.

Todos soltamos la risa y él con nosotros, de muy buen ánimo, hasta que le sobrevino la tos, que interrumpió por un momento la plática.

El joven tomó la palabra de inmediato:

—Ustedes califican el mal humor de vicio y eso me parece extremo.

—¿Extremo? Todo lo que perjudica al hombre y al prójimo merece ese calificativo. ¿No basta no poder hacernos mutuamente dichosos? ¿Es necesario también privarnos unos a otros del placer que cada uno puede proporcionarse en el fondo de su corazón? A ver, ¿quién es el mortal que de mal humor tenga el valor de ocultarlo, de tolerarlo solo, para no trastornar la alegría de los que le rodean? ¿No es esto en el fondo el sentimiento interior de nuestra insuficiencia, un descontento de nosotros mismos, mezclado siempre con la envidia, hija de una loca vanidad? Vemos hombres felices y alegres que no nos deben su dicha y no podemos tolerar su presencia.

Charlotte sonreía viendo el calor y la emoción con que yo hablaba y una lágrima que vi brotar de los ojos de Friederike me hizo seguir.

—¡Desgraciados —exclamé—, quienes usan del control que tienen sobre un corazón para negarle los placeres puros y simples que surgen y brotan de él de manera espontánea! Todos los regalos, todas las complacencias del mundo, no sustituyen ni compensan un solo instante de verdadero placer contaminado por las envidiosas vejaciones de un tirano.

En aquel momento, mi corazón se desbordaba. El recuerdo de muchos sucesos del pasado oprimía mi alma y mis ojos se humedecían.

—¡Ah! —dije—. Si cada uno se dijera a sí mismo todos los días: tu primera obligación con tus amigos es respetar sus placeres, aumentar su dicha al participar en ella; la más dulce de tus obligaciones es la de derramar un gota de bálsamo en su alma cuando está agitada por una pasión violenta o angustiada por la tristeza. ¡Ah! ¡Cómo te acusará la conciencia cuando la víctima que tus bárbaros caprichos han sacrificado en la flor de la edad, devorada por la fatal enfermedad que va a cortar el curso de su vida, se halle tendida ante ti, desfalleciente y moribunda! Sus ojos, inertes y apagados, tratan de dirigir hacia el cielo, en vano, una débil mirada por última vez; el sudor frío de la muerte baña su rostro pálido y demacrado. Acércate, te digo entonces, y que el infierno tome tu corazón. Sientes que ya es muy tarde y que todos sus tesoros son inútiles; la angustia se apodera de tu alma; quisieras desprenderte de todo lo que tienes para dar a la pobre criatura moribunda un momento de consuelo, un soplo de vida; ¡reanimarla, en fin!

Esta escena inspirada en un cuadro similar que había presenciado llenó mis ojos de lágrimas; me sentí muy conmovido y mientras cubría mi cara con el pañuelo para ocultar la emoción, me alejé del grupo.

No me calmé ni me repuse hasta oír la voz de Charlotte, que me llamaba:

—¡Vamos, vamos, que es tiempo de irnos!

¡Qué cariñosos comentarios me hizo después, en el camino, por la parte apasionada al extremo que tomaba en todo!

—De ese modo llegará a matarse —decía—; debe ser más razonable y no dejase impresionar de ese modo.

¡Oh, sí, mujer angelical...! ¡Quiero vivir... vivir para ti!

6 de julio

Charlotte está siempre al lado de su amiga moribunda y siempre es la misma: siempre la criatura afable y benéfica, cuya mirada, dondequiera que va, dulcifica el dolor y hace felices a las personas. Ayer por la tarde fue a pasear con Marian y la pequeña Amelia. Yo lo sabía: me reuní con ellas y caminamos juntos. Después de caminar como legua y media, regresamos a la ciudad y llegamos a la fuente, que ya me gustaba mucho y ahora me gusta mil veces más. Charlotte se sentó sobre el pequeño muro; los demás estábamos frente a ella. Miré al alrededor y recordé el tiempo en que mi corazón estaba solitario.

—¡Fuente querida! —me dije—. ¡Cuánto tiempo hace que no gozo de tu frescura y al pasar de prisa junto a ti, ni siquiera te he mirado!

Bajé los ojos y vi que subía la pequeña Amelia con su vaso; Marian trató de quitárselo.

—¡No! —dijo la niña, con la más dulce expresión—. ¡No!, tú has de beber antes que todos.

La verdad, la bondad con que aquella niña pronunciaba estas palabras me arrebataron hasta el punto de expresar mis sentimientos, no supe hacer otra cosa que tomarla en brazos y besarla con tal efusividad, que empezó a gritar y a llorar.

—Eso no está bien hecho —me dijo Charlotte.

Me quedé confundido.

—Ven, Amelia —continuó y la tomó de la mano para bajar los escalones—. Lávate enseguida con agua fresca; eso no es nada.

Fijé mi atención en la niña, que con esmero se frotaba las mejillas con las manos mojadas, convencida de que la fuente milagrosa le quitaría toda mancha y retiraría la afrenta de que una barba impura la hubiera tocado. Charlotte decía «¡basta ya!» y ella seguía frotándose con nuevo ánimo, como si mientras más lo hiciera fuera mejor.

Wilhelm, te aseguro que no he asistido a ninguna ceremonia con más respeto; y cuando Charlotte subió, con gusto me hubiera postrado a sus pies, como ante los de un profeta redentor de los pecados de un pueblo.

No pude resistir al deseo de contar por la noche lo sucedido, con toda la alegría de mi corazón, a alguien que yo creía sensible, porque tiene agudeza. ¡Cómo me equivocaba! Censuró la conducta de Charlotte; dijo que no se debía creer nada a los niños; que estos abusos eran origen de errores y supersticiones innumerables, que hay necesidad de evitar desde la infancia... Entonces recordé que ocho días antes había hecho este charlatán bautizar a un niño; por lo cual, oyéndole como el que oye la lluvia, prevalecí fiel con todo mi corazón a esta verdad: «Es preciso actuar con los niños como actúa con nosotros el Señor, que nunca nos hace más felices que cuando nos deja embriagarnos con una agradable ilusión».

8 de julio

¡Qué niños somos, verdaderamente, y qué valor tan elevado damos a una mirada! ¡Qué niño es el hombre! Habíamos ido a Wahlheim; las señoras iban en coche y durante el paseo, creí ver en los ojos negros de Charlotte...

¡Estoy loco... perdona! ¡Sería preciso haber visto aquellos ojos!

En fin, para terminar (porque estoy cayéndome de sueño), te diré que las señoras iban en una carroza y el joven W***, Selstadt, Audran y yo seguíamos a pie. Estos caballeros, siempre vivos, turbulentos y ligeros, no dejaban de dar vueltas alrededor del carruaje, yendo de un lado a otro y charlando. Las señoras seguían la conversación y contestaban. Yo buscaba los ojos de Charlotte y vi, ¡ay!, que se fijaban o más bien que erraban de un lugar a otro, pero que nunca, ni una sola vez, se detenían en mí, yo que no veía más que a ella. ¡Mi corazón la saludaba mil veces y ella no me miraba! El carruaje nos adelantó y una lágrima humedeció mis ojos. Yo la seguí con la vista y vi el tocado de su cabeza fuera de la puerta, inclinándose para buscar, para ver... ¿A quién? ¿A mí? ¡Oh, amigo! Estoy flotando en esta incertidumbre, misma que es mi consuelo. Quizá era a mí a quien buscaba... a mí a quien quería ver...

¡Tal vez! Buenas noches. ¡Qué niño soy!

10 de julio

Quisiera que vieras la estúpida cara que pongo cuando la gente habla de Charlotte y sobre todo cuando me preguntan si me gusta... ¡Gustarme!

Odio a muerte esta palabra. ¿A qué hombre no le gustará, no le robará el pensamiento y todo el corazón? ¡Gustar! El otro día me preguntaron si Ossian me gustaba.

11 de julio

La señora M. está muy enferma. Ruego a Dios por su vida, porque sufro viendo que Charlotte sufre. No la veo sino a veces en casa de una de sus amigas, donde hoy me ha contado una historia singular. El señor M. es un viejo avaro, perverso y repugnante, que ha tenido atormentada y muy sujeta a su mujer toda la vida; ella, sin embargo, ha sabido sacar fruto de la situación. Habiéndola desahuciado el médico hace algunos días, mandó llamar a su marido y en presencia de Charlotte, le habló en estos términos:

> «Debo confesarte algo que después de mi muerte podría ser motivo de inquietud y pesar. Hasta hoy he gobernado la casa con todo el orden y la mejor economía posible; pero debo pedirte perdón, porque te he engañado durante treinta años. Desde nuestro matrimonio fijaste una cantidad muy pequeña para los gastos de comida y demás de la casa. Cuando ésta ha prosperado y nuestros negocios han mejorado no he podido lograr que aumentes la suma

destinada cada semana; tú sabes que en el tiempo de nuestros mayores gastos me obligabas a atender a todo con un florín diario. He obedecido sin reprochar y cada semana he tomado del cofre del dinero lo indispensable para cubrir mis atenciones, segura de que jamás se sospecharía que una mujer robara a su marido. Nada he malgastado e incluso sin hacer esta confesión hubiera entrado sin preocupación en la eternidad; pero sé que la que me suceda en el gobierno de la casa no podrá manejarse con lo poco que tú das y no quiero que llegues a echarle en cara que tu primera mujer se contentaba con ello».

He hablado con Charlotte sobre la increíble ceguera que hace que un hombre no sospeche manejo alguno en una mujer que con siete florines cubre, de domingo a domingo, todos los gastos, cuando se ve que éstos pasan del doble. Sin embargo, conozco gente que hubiera recibido en su casa, sin asombrarse, el inagotable cántaro de aceite del profeta.

13 de julio

No, no me engaño; leo en sus ojos negros el verdadero interés que le inspiran mi persona y mi suerte. Conozco y en esto debo confiar en mi corazón, que ella... ¡Oh! ¿Podré y me atreveré a manifestar con estas palabras la dicha celestial que me embarga? Sé que me ama.

¡Soy amado! Si vieras cómo me quiere ahora; si vieras... Te lo diré, porque tú sabrás comprender: ¡si vieras lo mucho más que valgo a mis propios ojos desde que soy dueño de su amor! ¿Es esto presunción o sentimiento de nuestra relación verdadera? No conozco hombre alguno capaz de robarme el corazón de Charlotte y no obstante, cuando ella habla de su futuro esposo, con todo el calor, con todo el amor posible, me encuentro como el desgraciado a quien despojan de todos sus títulos y honores, y le fuerzan a entregar su espada.

16 de julio

¡Ah! ¡Qué sensación tan agradable inunda todas mis venas, cuando por casualidad mis dedos tocan los suyos o nuestros pies se encuentran debajo de la mesa! Los aparto como un rayo y una fuerza secreta me acerca de nuevo en contra de mi voluntad. El vértigo se apodera de todos mis sentidos y su inocencia, su alma cándida, no le permiten siquiera imaginar cuánto me hacen sufrir estas insignificancias. Si pone su mano sobre la mía mientras hablamos y si en el calor de la conversación se aproxima tanto a mí que su divino aliento se confunde con el mío, creo morir, como herido por el rayo, Wilhelm, y este cielo, esta confianza, si llego a atreverme... Tú me entiendes. No, mi corazón no está tan corrompido, Es débil, demasiado... ¿Pero en esto no hay corrupción?

Charlotte es sagrada para mí. Todos los deseos desaparecen en su presencia. Nunca sé lo que siento cuando estoy con ella: creo que mi alma se dilata por todos mis nervios.

Hay una sonata que ella ejecuta en el clave con la expresión de un ángel: ¡tiene tal sencillez y tal encanto! Es su música favorita y le basta tocar su primera nota para alejar de mí zozobras, preocupaciones y aflicciones.

No me parece inverosímil nada de lo que se cuenta sobre la antigua magia de la música. ¡Cómo me esclaviza este sencillo canto! ¡Y cómo sabe ella ejecutarlo en aquellos momentos en que yo colocaría contento una bala en mi cabeza! Entonces disipándose la turbación y las tinieblas de mi alma, respiro más libremente.

18 de julio

Wilhelm, ¿qué es el mundo para nuestros corazones cuando no hay amor? Una linterna mágica sin luz. Pero en cuanto empieza a brillar en su interior la llama, se ven aparecer en sus paredes todo tipo de figuras, formas y colores. Aun cuando todo lo que se presenta a la vista no fuera más que eso, aun cuando todas esas apariciones no fueran más que fantasmas pasajeros, ¿no es una gran fortuna tomar parte en este espectáculo de ilusiones, la alegría, el gozo de los niños y los transportes de su entusiasmo inocente y simple?

No podía ir hoy a ver a Charlotte, estaba como prisionero entre mis amigos y conocidos, de cuya compañía no podía deshacerme. ¿Qué hacer en esta situación? Mandé a mi sirviente para verla, con el fin de tener a mi lado a alguien por lo menos, que hubiera estado cerca de ella en el día, y esperaba que volviera con gran impaciencia, sólo comparable a la alegría que sentí viéndole regresar. Hubo un momento en que me hubiera aventado hacia él, que lo hubiera abrazado. ¡Tal era mi felicidad! Pero me refrené.

Se dice de la piedra de Bolonia que al exponerse al sol atrae sus rayos, los capta y alumbra y resplandece por la noche durante algún tiempo; pues bien, otro tanto era para mí este sirviente. La idea de que los ojos de Charlotte se habían fijado en él, sobre su cara, sobre sus botones, sobre el cuello de su camisa, hacía para mí todos esos objetos de tanto interés, tan preciados. No, en ese momento yo no hubiera cedido este mancebo aunque me hubieran ofrecido quinientos talegos. Su sola vista me producía un placer infinito... Procura no reír de esto. Dime, Wilhelm, ¿no es en realidad una ilusión lo que nos brinda tanta dicha?

19 de julio

¡La veré!, exclamo con júbilo por la mañana cuando, al despertarme lleno de alegría, dirijo mi mirada hacia el sol que sale; ¡la veré!, y no tengo otro deseo en todo el día. Lo demás desaparece ante esta esperanza.

20 de julio

Tu idea de que me vaya con el embajador de... no es la mía todavía. No me gusta depender de nadie y además, sabemos que ese hombre es repulsivo.

Dices que mi madre se alegrará de verme ocupado. Deja que ría. ¿No tengo ya suficiente quehacer? Y en el fondo, ¿no es lo mismo contar guisantes que lentejas? Todas las cosas del mundo vienen a terminar en bagatelas y el que por complacer a los demás contra su gusto y sin necesidad, se fatiga persiguiendo la fortuna, los honores o cualquier otra cosa, es siempre un loco.

24 de julio

Dado el interés que manifiestas en que no descuide el dibujo, casi prefería callar a decirte que desde hace mucho apenas y lo he atendido.

Jamás he sido tan feliz; nunca me ha impresionado la naturaleza de manera tan honda: hasta una piedra, un tallo de hierba... y, sin embargo, no puedo expresarme. ¡Mi imaginación está tan débil! Todo vaga y oscila de forma que ni siquiera puedo captar un contorno. A pesar de ello, me figuro que si tuviera barro o cera, modelaría a la perfección todo lo que concibo. Si esto dura, me entretendré con barro común, aunque sólo haga bolitas.

Tres veces he comenzado el retrato de Charlotte y las tres me ha salido mal. Esto me es tanto más sensible, cuanto que hace poco tenía gran facilidad para sacar el parecido. En fechas recientes he hecho su retrato de perfil; tendré que contentarme con él.

25 de julio

Sí, amada Charlotte, todo se encargará y todo se ejecutará; vengan encargos con más frecuencia, vengan en todo momento. ¡Ah! Sólo pido un favor, que no haya arenilla en los billetes que recibo. Mi primer movimiento fue llevar a mis labios el de esta mañana y he sentido la arenilla hacer ruido en mis dientes.

26 de julio

¡Cuántas veces me he prometido no verla tanto! ¡Ah! ¿Quién puede resistir y cumplir este objetivo? Todos los días caigo en la tentación y al regresar de verla, me digo, como por excusa o consuelo: «¡Mañana no irás!». Llega ese mañana y con él, sin explicación, un motivo inexcusable para visitarla; y antes de que haya tenido tiempo para reflexionar sobre ello, me hallo en su casa.

Una vez, me dice al despedirnos «¿vendrá usted mañana?». ¿Es posible no aceptar semejante oferta? A veces me da un encargo y yo pienso que sería una falta de atención no llevarle yo mismo la contestación; y otras veces, en fin, haciendo un tiempo tan magnífico, es imposible no salir del cuarto y disfrutarlo. Entonces salgo y camino hasta Wahlheim, y al llegar, como no es más que media legua hasta su casa... me siento como atrapado en su misma atmósfera y sin saber cómo, llego a su lado.

Mi abuela nos contaba la historia de la montaña imán; todos los barcos que pasaban cerca de ella perdían su herraje; los clavos, como si tuvieran alas, volaban hacia la montaña, se desunían de la madera y los pobres marineros quedaban perdidos y sin más remedio que tomarse de los tablones flotantes.

30 de julio

Albert ha llegado y yo me marcharé. Aunque él fuera el mejor y más noble de los hombres, y yo reconociera mi inferioridad bajo todo concepto, no soportaría que a mi vista tuviera tantas perfecciones.

¡Tener! Basta, Wilhelm; el novio está aquí. Es un joven bueno y honrado que inspira cariño. Por suerte no he presenciado su llegada; me hubiera desgarrado el corazón. Es tan generoso que ni una vez se ha atrevido a abrazar a Charlotte delante de mí. ¡Dios se lo pague! La respeta tanto, que debo apreciarle. Se muestra muy afectuoso conmigo y supongo que esto es más obra de Charlotte que efecto de su propia inclinación; las mujeres son muy mañosas en este sentido y son firmes: cuando pueden hacer que dos de sus adorados vivan en buena inteligencia, lo que sucede pocas veces, lo logran, y el beneficio es sin duda para ellas. Sin embargo, no puedo negar mi estima a Albert.

Su exterior tranquilo hace un contraste muy marcado con mi carácter turbulento, que en vano me gustaría ocultar. Es sensible y no desconoce el tesoro que tiene en Charlotte. Parece poco dado al mal humor que, como sabes, es el vicio que más detesto.

Me considera un hombre talentoso y mi amistad con Charlotte, unida al vivo interés que tomo en todas sus cosas, da más valor a su triunfo y la quiere cada vez más. No averiguaré si suele atormentarla a solas con algún arranque de celos; pero confieso que si yo estuviera en su lugar los sentiría.

Sea lo que sea, la alegría que sentía al lado de Charlotte se ha ido. ¿Diré que esto es locura o ceguera? ¿Pero qué importa el nombre? El asunto no puede ser más claro. No sé hoy nada que no supiera antes de que llegara Albert; sabía que no debía formar ninguna pretensión con Charlotte y yo la había formado... quiero decir: únicamente sentía lo que no se puede evitar al contemplar tantos hechizos; y con todo, no sé qué me pasa al ver que el otro llega y se queda con la dama.

Estoy que bramo y me burlo de mi miseria, y más aún, lanzaría mis sarcasmos sobre quien diga que debo resignarme, y que como esto no podía suceder de otro modo; ¡vayan al diablo los razonadores! Vago por los bosques y cuando llego a casa de Charlotte y veo a Albert sentado a su lado, entre el follaje del jardín, y tengo que controlarme, me vuelvo loco y hago mil necedades.

«En nombre del cielo —me ha dicho ella hoy—, te ruego que no repitas la escena de anoche; eres espantoso cuando te pones tan contento».

Te diré, entre nosotros, que acecho todos los momentos en que él tiene que hacer; de un salto, me meto en la casa y me vuelvo loco de gozo siempre que está sola.

8 de agosto

Te suplico, querido amigo, que no vayas a creer que hablaba de ti, al tratar de insoportables a los hombres que exigen resignación total ante los inevitables golpes del destino. No me imaginaba que pudiera tener semejantes opiniones. Sin embargo, en el fondo tienes razón; pero permíteme hacer un comentario. Sucede rara vez en este mundo que los eventos se encuentran sometidos a la ley absoluta del sí o del no. Hay tantos grados, tan diversos tonos en los sentimientos y en los procedimientos, como líneas distintas en una nariz chata o aguileña; y tú no extrañarás ni estarás incómodo si yo, sin dejar de aceptar tu principio, trato de escurrirme entre el sí y el no.

Aquí está tu argumento: «O tienes esperanza de ver hechos realidad tus deseos con Charlotte o no la tienes. En el primer caso trabaja sin cejar para lograr tu fin; en el segundo, trata de ser hombre y refrena y doma una pasión condenable que debe consumir toda tu fuerza». Amigo mío, todo está bien dicho y es fácil decirlo.

¿Ves a ese desgraciado que empeora, que se extingue, devorado por una lenta pero continua enfermedad? ¿Puedes tú acaso exigirle terminar sus tormentos con una puñalada? El mal mismo que lo extermina, que lo mina, ¿no le quita la fuerza y el valor para liberarse de él de manera violenta? Podrías, tienes razón, responder con otra comparación semejante: ¡quién no se dejaría cortar un brazo con gangrena antes arriesgar la vida! Yo no, lo sé. Y además no nos gusta lastimarnos con comparaciones. Sí, Wilhelm, algunas veces tengo raptos del valor más determinado y del más aventurado, y en esos momentos... ¡Si supiera adónde ir, lo haría en el acto!

Por la noche.

Mi diario, que estaba abandonado desde hace unos días, ha llegado hoy a mis manos y me he confundido al ver señalados en él todos mis pasos. ¿Es con todo detalle como he llegado tan lejos? ¿No es sorprendente que haya visto con tal claridad mi estado y me haya comportado como un muchacho?

Hoy lo veo todo muy claro; y, sin embargo, no hay indicios de que me corrija.

10 de agosto

Si no fuera un loco, podría pasar la vida con más felicidad y sosiego.

Pocas veces se reúnen para alegrar un alma circunstancias tan favorables como las que tengo hoy. Esto afirma mi creencia de que nuestra felicidad depende del corazón. Formar parte de esta amable familia, ser querido por el padre, como un hijo, por los niños como un padre, y de Charlotte... Y este excelente Albert, que no turba mi dicha con celos ni mal humor, que me profesa verdadera amistad y que ve en mí a la persona que más estima en el mundo después de Charlotte...

Wilhelm, es un placer oírnos cuando vamos de paseo y hablamos de ella; nunca se ha imaginado nada tan ridículo como nuestra situación y, sin embargo, las lágrimas algunas veces humedecen mis ojos.

Cuando me habla de la virtuosa madre de Charlotte y me cuenta que poco antes de morir dejó al cuidado de ella la casa y los niños, y al de él a Charlotte; que desde entonces la joven ha revelado dotes inusitadas; que se ha vuelto una verdadera madre con la dirección de los asuntos domésticos; que todos los momentos de su vida están esmaltados por la ternura y el trabajo, sin que jamás hayan sufrido alteración su buen humor y su alegría. Yo camino junto a él, tomando las flores que encuentro a mi paso, con las que hago un bonito ramillete y lo arrojo al río, siguiéndole con la mirada mientras se aleja en las ondas mansamente. No sé si te he dicho que Albert estará en esta ciudad permanentemente y que espera de la corte, donde goza de aprecio, un buen empleo, con buen salario. Conozco pocas personas que le igualen en el orden y el celo por los negocios.

12 de agosto

Albert es, sin duda, el mejor de los hombres que existen; ayer me pasó con él un lance peregrino. Había ido a su casa a despedirme, pues se me antojó dar un paseo a caballo por las montañas, desde donde te escribo en este momento. Yendo y viniendo por su cuarto, vi sus pistolas.

—Préstamelas para el viaje —le dije.

—Con mucho gusto —respondió—, si quieres tomarte el tiempo de cargarlas; aquí sólo están como un mueble de adorno.

Tomé una; él continuó:

—Desde el chasco que me he ocurrido por mi exceso de precaución, no quiero tener que ver con esas armas.

Tuve curiosidad de saber esa historia y él dijo:

—Habiendo ido a pasar tres meses en el campo con un amigo, llevé un par de pistolas; estaban descargadas y yo dormía tranquilo. Una tarde lluviosa, en que no tenía nada que hacer, tuve la idea, no sé por qué, de que podían sorprendernos, hacernos falta las pistolas y... tú sabes lo que son las precauciones. Di mis armas para que las limpiara y las cargara. Jugando éste con las criadas, quiso asustarlas y al tirar del gatillo, la chimenea, Dios sabe cómo, se encendió y despidiendo la baqueta que estaba en el cañón, hirió en un dedo a una pobre muchacha. Para consolarla tuve que pagar la cura y desde entonces dejo siempre las pistolas vacías. ¿De qué sirve la previsión, mi buen amigo? El peligro no se deja ver por completo. Sin embargo...

Ya sabes cuánto quiero a este hombre; pero me molestan sus sin embargo.

¿Qué regla general no tiene excepción? Este Albert es tan meticuloso, que cuando cree haber dicho algo atrevido, absoluto, casi un axioma, no deja de limitar, modificar, quitar y agregar hasta que desaparece todo lo que ha dicho. No fue esta vez infiel a su costumbre; yo acabé por no escuchar y zambulléndome en un mar de sueños, con repentino movimiento apoyé el cañón de una pistola sobre mi frente, arriba del ojo derecho.

—Quita eso —dijo Albert, mientras tomaba la pistola—. ¿Qué quieres hacer?

—No está cargada —repuse.

—¿Y qué importa? ¿Qué quieres hacer? —repitió impaciente—. No comprendo que haya alguien que pueda volarse la tapa de los sesos. Sólo pensarlo me da horror.

—¡Oh, hombres! —exclamé—; ¿no sabrás hablar de nada sin decir: esto es una locura, esto es razonable, eso es bueno, eso otro es malo? ¿Qué significan todos esos juicios? Para emitirlos, ¿habrás profundizado los resortes secretos de un acto? ¿Sabes acaso distinguir con seguridad sus causas lógicas? Si tal cosa sucediera, no juzgarías con tanta ligereza.

—Estarás de acuerdo —dijo Albert— en que ciertas cosas siempre serán crímenes, sin relevar el motivo.

—Concedido —respondí, encogiéndome de hombros—. Sin embargo, considera, mi amigo, que ni eso es verdad absoluta. Sin duda, el robo es un crimen; pero si un hombre está a punto de morir de hambre y con él su familia, y ese hombre, por salvarla y salvarse, se atreve a robar, ¿merece compasión o castigo? ¿Quién puede acusar a la sensible doncella que en un momento de gran éxtasis se deja llevar por las irresistibles delicias del amor? Hasta nuestras leyes, que son pedantes e insensibles, se dejan conmover y detienen la espada de la justicia.

—Eso es distinto —dijo Albert—; el que sigue los impulsos de una pasión pierde la facultad de reflexionar y se le mira como a un borracho o un loco.

—¡Oh, hombres juiciosos! —dije con una sonrisa—. ¡Pasión! ¡Embriaguez! ¡Demencia! ¡Todo esto es letra muerta para ustedes, impasibles moralistas! Condenan al ebrio y detestan al demente con la frialdad del sacerdote que sacrifica y dan gracias a Dios, como el fariseo, porque no son ni locos ni borrachos. Más de una vez me he embriagado; más de una vez me han puesto mis pasiones al borde de la locura, y no lo siento; porque he aprendido que siempre se ha dado el nombre de beodo o insensato a todos los hombres fuera de serie que han hecho algo grande, algo que lucía imposible. Hasta en la vida privada es insoportable ver que de quien piensa lograr cualquier acción noble, generosa, inesperada, se dice a menudo: «¡Está borracho! ¡Está loco!». ¡Vergüenza para ustedes, los sobrios; vergüenza para ustedes los sabios!

—¡Siempre extravagante! —dijo Albert—. Todo lo aumentas y esta vez llevas el humor al extremo de comparar con las grandes acciones el suicidio, que es de lo que se trata, y que sólo debe mirarse como una debilidad humana; porque con toda certeza es más fácil morir que soportar sin descanso una vida llena de amargura.

Estuve a punto de cortar la charla; no hay nada que me exaspere más que el razonar con quien sólo responde cosas sin importancia, cuando hablo con todo el corazón. No obstante, me contuve porque no era la primera vez que escuchaba tales vulgaridades que me sacan de quicio.

Le respondí con alguna viveza:

—¿A eso llamas debilidad? Te ruego que no te dejes llevar por las apariencias. ¿Te atreverías a llamar débil a un pueblo que gime bajo el insoportable yugo de un tirano, si al fin estalla y rompe sus cadenas? Un hombre que al ver con espanto arder su casa siente que se multiplican sus fuerzas y carga fácilmente con un peso que sin la excitación apenas podría levantar del piso; un hombre que iracundo por sentirse insultado, acomete a sus contrarios y los vence; a estos dos hombres, ¿se les puede llamar débiles? Créeme, si los esfuerzos son la medida de la fuerza, ¿por qué un esfuerzo magnífico debe ser algo más?

Albert me miró y dijo:

—No te enojes, pero esos ejemplos no tienen verdadera aplicación.

—Puede ser —le dije—; no es la primera vez que califican mi lógica de palabrería. Veamos si podemos representar de otra forma lo que debe sentir el hombre que se decide a deshacerse del peso, tan ligero para otros, de la vida. Pues sólo esmerándome por sentir lo que él siente podremos hablar del tema con honestidad. La naturaleza del hombre

—continué— tiene sus límites; puede tolerar hasta cierto grado la alegría, la pena, el dolor; si sigue más allá, sucumbe. No se trata entonces de saber si un hombre es débil o fuerte, sino de si puede soportar la extensión de su desgracia, sea moral o física; y me parece tan ridículo decir que un hombre que se suicida es cobarde, como absurdo sería dar el mismo nombre al que muere de una fiebre.

—¡Paradoja! ¡Extraña paradoja! —exclamó Albert.

—No tanto como piensas —repliqué—. Acordarás en que llamamos enfermedad mortal a la que ataca a la naturaleza de tal modo que su fuerza, mermada en forma parcial, paralizada, se incapacita para reponerse y restaurar por una revolución favorable el curso normal de la vida. Pues bien, amigo mío, apliquemos esto al espíritu. Mira al hombre en su limitada esfera y verás cómo le aturden ciertas impresiones, cómo le esclavizan ciertas ideas, hasta que al arrebatarle una pasión todo su juicio y toda su fuerza de voluntad, le arrastra a su perdición. En vano un hombre razonable y de sangre fría verá clara la situación del desdichado; en vano la exhortará: es semejante al hombre sano que está junto a lecho de un enfermo, sin poder darle la más pequeña parte de sus fuerzas.

Estas ideas parecieron poco concretas a Albert. Le hice recordar a una joven que habían hallado ahogada poco tiempo atrás y le conté su historia.

Era una dama bondadosa, encerrada desde la infancia en el estrecho círculo de las ocupaciones domésticas, de un trabajo monótono; que no conocía otros placeres que los de ir algunas veces a pasear los domingos por los límites de la ciudad con sus compañeras, engalanada con la ropa que poco a poco había podido conseguir, o bailar una sola vez en las grandes celebraciones, y charlar algunas horas con una vecina, con toda la entrega del más sincero interés, sobre tal chisme o cual disputa.

El ardor de su edad le hace sentir deseos desconocidos que aumentan con las lisonjas de los hombres; sus placeres del pasado llegan poco a poco a carecer de sabor; al final encuentra a un hombre hacia el cual le empuja con incontrolable fuerza un sentimiento nuevo para ella, y pone en él todas sus esperanzas; se olvida de todo el mundo; nada oye, nada ve, nada ama, sólo a él.

No suspira más que por él, sólo por él. No está corrompida por los frívolos placeres de una inconstante vanidad y su deseo se dirige a su objeto; quiere ser de él, quiere en una unión eterna encontrar toda la felicidad que le falta, disfrutar de todas las alegrías juntas al lado de su amado. Promesas continuas ponen el sello a todas sus esperanzas; atrevidas caricias aumentan sus deseos y sojuzgan su alma por completo; flota en un sentimiento vago, en una idea anticipada de todas las alegrías; ha llegado al colmo de la exaltación.

En fin, tiende los brazos para abarcar todos sus deseos... y su amante la abandona. Se encuentra ante un abismo, inmóvil, demente; una noche profunda la rodea; no hay horizonte, no hay consuelo, no hay esperanza: la abandona quien era su vida. No ve el inmenso mundo que tiene delante, ni los muchos amigos que podrían hacerla olvidar lo que ha perdido; se siente separada, abandonada de todo el universo y ciega, triste por el horrible martirio de su corazón, para huir de sus angustias, se entrega a la muerte, que todo lo devora. Albert, ésta es la historia de muchos. ¡Ah! ¿No es éste el mismo caso de una enfermedad? La naturaleza no encuentra ningún medio para salir del laberinto de fuerzas encontradas que la agitan y es necesaria la muerte.

Infeliz del que lo sepa y diga: «¡Insensata! Si hubiera esperado, si hubiera dejado actuar al tiempo, la desesperación trocada en calma hubiera encontrado otro hombre que la consolara». Esto es lo mismo que decir: «¡Loca! ¡Morir de una fiebre! Si hubiera esperado a recuperar las fuerzas, a que se purificaran los malos humores, a que cediera el arrebato de su sangre, todo se hubiera arreglado y aún estaría viva».

Como Albert no juzgó muy exacta esta comparación, hizo nuevas objeciones; entre otros puntos, dijo que yo no había hablado más que de una joven inocente y que no debe juzgarse del mismo modo a un hombre de talento, cuya inteligencia menos limitada le permite ver el reverso de las situaciones.

—Amigo mío —dije—, el hombre siempre es hombre y la chispa del entendimiento que tengan éste o el otro, es de poca o nula utilidad, cuando al fermentar una pasión la naturaleza se arroja a los límites de sus fuerzas. Más aún... Ya volveremos a hablar de esto, dije, al tomar mi sombrero.

Mi corazón estaba a punto de estallar y nos separamos sin haber llegado a entendernos. Es verdad que en este mundo pocas veces sucede de otro modo.

15 de agosto

Es muy cierto que sólo el amor hace que el hombre necesite de sus semejantes. Sé que Charlotte sentiría perderme y los niños sólo piensan, cada día más, en volver a verme el día siguiente. Hoy fui a contemplar el monocordio de Charlotte; estas angelicales criaturas insistieron en que les contara algún cuento y la propia Charlotte me suplicó que los complaciera. Les corté su pan y lo tomaron de mi mano, con el mismo gusto que si viniera de mano de Charlotte; luego les conté la famosa historia de la princesa que era servida por manos encantadas. Te aseguro que yo mismo saco algún provecho de contar estas historias y me admiro de la impresión que crean en los niños. Viéndome a veces obligado a inventar algún incidente, me pasa que a la segunda vez lo olvido y de inmediato me gritan que la de antes no era así; de modo que ahora tengo mucha cautela de repetir siempre lo mismo, de contarlo con el mismo tono de voz y sin cambiar nada. Esto me ha enseñado y hecho conocer que un autor daña su obra al hacer una segunda versión, si introduce en ella cambio alguno, cuando la obra es de pura imaginación, aunque en verdad fuera mejor y más poética con dichos cambios. La primera impresión nos encuentra dispuestos a recibirla y el hombre está hecho de tal modo, que puede hacérsele creer hasta lo imposible; pero una vez admitidas en su imaginación estas ideas, se fijan de tal modo y con tal profundidad que gran trabajo será borrarlas o quitarlas.

18 de agosto

¿Es preciso que lo que constituye la felicidad del hombre sea de igual forma el origen de su miseria? Aquel sentimiento cálido y pleno de mi corazón ante la vivaz naturaleza, que inundaba mi alma con torrentes de delicias y convertía en un paraíso el mundo que me rodea, ha llegado a ser un insoportable verdugo, un espíritu que me atormenta y me persigue por todas partes. Cuando miraba otras veces desde las crestas de las rocas, más allá del río, hasta las lejanas colinas, el fértil valle y veía que todo germinaba con lozanía a mi alrededor; cuando veía estas montañas bordadas, desde la falda hasta la cima, de espesos y corpulentos árboles; estos valles salpicados de risueña floresta en todos sus contornos; el arroyo apacible que deslizaba, adormecido por leve ruido de los cañaverales, reflejando las matizadas nubes, que la brisa suave de la tarde se balanceaba en el cielo; cuando oía a los pájaros, animando con su voz la enramada, mientras copiosísimo enjambre de insectos jugueteaba alegre en los últimos rayos del sol, a cuyo destello el escarabajo, oculto antes debajo de la hierba, abandonaba, zumbando, su prisión; cuando el ruido y la vida llamaban mi atención hacia la tierra y el musgo que arranca su alimento a la dura roca y las retamas que crecen en la pendiente de la seca colina, me descubría la íntima, ardiente y santa existencia de la naturaleza, ¡con qué júbilo tomaba todos estos objetos mi corazón emocionado! Yo estaba como un dios en este mar de riqueza, en este enorme universo, cuyas formas sublimes parecían moverse, animando toda mi creación en lo más profundo de mí. Me rodeaban enormes montañas; tenía delante de mi desfiladeros de gran hondura, donde se precipitaban torrentes de tempestad; los ríos se deslizaban bajo mis pies; oía un rugido en los bosques y los montes, agitándose y confundiéndose todas estas fuerza enigmáticas en las profundidades terrestres, mientras sobre ella, y bajo el cielo, revoloteaban las razas infinitas de los seres que lo pueblan todo de mil maneras diferentes. Y los hombres se consideran reyes de este vasto universo, acurrucándose juntos en el nido de sus pequeñas moradas.

¡Pobre loco, a quien todo debe parecer mezquino, porque eres muy pequeño! Desde la inaccesible montaña y el desierto que ningún pie ha pisado hasta la fecha, hasta la última orilla de los océanos desconocidos, lo anima todo el espíritu del creador, gozándose en estos átomos de polvo, que viven y lo entienden.

¡Ah!, cuántas veces deseaba entonces, con las alas de la garza que pasaba sobre mi cabeza, trasladarme a las costas de ese inmenso mar, para beber en la espumosa copa de lo infinito esas dulces delicias y sentir, aunque sólo fuera por un instante, en el corazón, una gota de felicidad del ser que todo lo engendra en él y por él. Hermano mío, el recuerdo de tales momentos es suficiente para darme fuerza. Más aún, los esfuerzos que hago para recordar estos sentimientos inexpresables, para alcanzar a entenderlos, elevan mi alma sobre sí misma y me obligan a sentir la doble angustia de mi estado actual.

Parece que se ha levantado un velo delante de mi alma y el escenario de la vida interminable no se convierte ante mis ojos en el abismo de la tumba, siempre abierta. ¿Puedes decir «esto existe» cuando todo pasa, cuando todo se precipita con la rapidez del rayo, sin conservar casi nunca sus fuerza, y se ve, ¡ay!, encadenado, tragado por el torrente y despedazado contra las rocas? No hay momento que no te consuma, que no acabe con los tuyos; no hay instante en que no seas, en que no debas ser destructor; tu paseo más inocente cuesta la vida a millares de pobres insectos; uno solo de tus pasos destruye los dedicados edificios de las hormigas y sumerge todo un pequeño mundo en una tumba.

¡Ah!, no son las enormes y escasas catástrofes del mundo, no son las inundaciones, los temblores de tierra, que acaban con nuestras ciudades, lo que me conmueve, no. Lo que me lastima el corazón es la fuerza devoradora que se oculta en la naturaleza, que no ha producido nada que no destruya a su prójimo y a sí mismo.

De este modo, avanzo yo con angustia por mi camino de poca seguridad, cubierto por el cielo, la tierra y sus fuerzas activas; y sólo veo un monstruo dedicado noche y día a devorar y destruir.

Al agitar por las mañanas el yugo de una pesadilla, es en vano que extienda los brazos hacia ella; en vano que la busque por la noche en mi lecho, cuando un sueño alegre y simple me hace creer que estoy en el campo, sentado a su lado, tomado de su mano y colmándole de besos. ¡Ah!, cuando todavía embriagado por el sueño busco esa mano y me despierto, un raudal de lágrimas brota de mi apretado corazón y lloro sin remedio, pensando en las tinieblas del futuro.

22 de agosto

Es algo fatal, Wilhelm. Mi actividad se consume en una inquieta indolencia; no puedo estar sin hacer nada y sin embargo nada hay que pueda hacer. Mi imaginación y mi sensibilidad no se conmueven ante la naturaleza y los libros me producen aburrimiento. Cuando el hombre no se encuentra a sí, no halla nada. Te juro que muchas veces me encantaría ser un jornalero para tener, por lo menos, al despertar, la perspectiva de un día ocupado, un móvil, una ilusión. Envidio a menudo a Albert, cuando lo veo lleno de papeles hasta los ojos y creo que sería feliz en esa posición. Más de una vez he estado tentado a escribirte y de escribir al mismo tiempo solicitando ese empleo en la embajada que, por lo que me dices, me concederían en el acto. Así lo creo. Hace tiempo que me estima el ministro y antes me ha insistido para que acepte un empleo.

Suele preocuparme esto durante una hora; pero cuando lo pienso y recuerdo la fábula del caballo que harto de su libertad, se deja poner la silla y la brida, para estar poco después rendido de cansancio... no sé lo que debo hacer. Por otro lado, querido Wilhelm, este deseo de cambiar de estado que me subyuga, ¿no será una oculta e intolerable impaciencia que me seguiría a todo lugar?

28 de agosto

Sin duda si mi enfermedad tuviera cura, esta gente lo curaría. Es mi cumpleaños hoy y muy temprano he recibido un paquete de Albert. Lo primero que ha herido mis ojos al abrirlo ha sido un lazo color rosa que llevaba Charlotte la primera vez que la vi, el mismo que más tarde, le pedí en repetidas ocasiones; lo segundo, dos tomos de Homero, de Wetstein, edición que tanto he deseado para no ir de paseo cargando la de Ernesti. Ya ves cómo previenen mis deseos; cómo buscan formas para darme estas pequeñas pruebas de amistad, mil veces más preciosas que los presentes magníficos con que nos humilla la vanidad del que nos obsequia. Beso el lazo muchas veces al día y en cada suspiro saboreo el recuerdo de las felicidades con que me embriagaron esos pocos días de dicha, que se han ido para no volver. Wilhelm, así debe ser y no me quejo: las flores de la vida no son sino vanas vivencias. ¡Cuántas se marchitan sin dejar el más pequeño rastro! ¡Cuán pocas fructifican y qué pocos de estos frutos llegan a madurar! Y sin embargo, hartos quedan... ¡oh, mi hermano!, ¿podemos no hacer caso de los frutos maduros, despreciarlos y dejarlos podrir, sin disfrutarlos?

Adiós. El verano es magnífico. Trepo algunas veces a los árboles del jardín de Charlotte y con una percha larga tomo las peras de las ramas más altas.

Charlotte está abajo y levanta los frutos que yo dejo caer.

30 de agosto

Desgraciado, ¿no estás loco? ¿No te engañas a ti mismo? ¿Adónde te llevará esa pasión indómita y sin propósito? No hago más oración que la que le dirijo a ella; ya no cabe en mi imaginación otra figura que la suya y todo lo que me rodea no lo veo sino con relación a ella.

Esto me da algunas horas de felicidad, que han de irse tan pronto como tengamos que separarnos. ¡Ah, Wilhelm, adónde me lleva con frecuencia mi corazón! Siempre que paso dos o tres horas con ella, en la contemplación de su figura, de sus movimientos, de la maravillosa expresión que da a sus palabras, todos mis sentidos se exaltan sin sensibilidad, una sombra se extiende ante mí y mis oídos pierden la percepción; siento que aprieta mi garganta una mano asesina; mi corazón, en sus latidos precipitados, busca consuelo a mis sentidos oprimidos y no hace más que aumentar el desorden.

Wilhelm, muchas veces no sé si estoy en el mundo. Y cuando me ataca la tristeza y Charlotte me concede el consuelo de aliviar mi martirio, dejándome bañar su mano con mis lágrimas, necesito salir, necesito huir y corro a esconderme en la lejanía de los campos. Entonces disfruto subiendo una montaña escarpada, abriéndome paso entre un bosque espeso, por entre las breñas que me hieren y los zarzales que me despedazan. Entonces me hallo un poco mejor, ¡un poco!, y cuando muerto de sed y cansancio, sucumbo y hago una pausa; cuando en la noche profunda, con la luna llena sobre mi cabeza, me siento en el bosque sobre un tronco torcido, para descansar los pies desgarrados, o me entrego a un sueño tranquilo durante la claridad del crepúsculo...

¡Oh, Wilhelm! El silencioso albergue de una celda, un sayal y el cilicio son los únicos consuelos que mi alma espera.

Adiós. No veo para esta miserable vida más fin que la muerte.

3 de septiembre

Tengo que partir, Wilhelm; te agradezco que hayas fijado mi decisión dudosa. Desde hace quince días he pensado en la posibilidad de dejarla. Tengo que irme. Está de nuevo en la ciudad, en casa de una amiga; y Albert... y... Tengo que irme.

10 de septiembre

¡Qué noche; que noche tan horrible he tenido! Ahora tengo valor para tolerar todo. No la veré más. ¡Oh! ¡Que no pueda ir volando a arrojarme a sus brazos; que no pueda, mi hermano, decirte con un torrente de lágrimas los sentimientos que oprimen mi corazón! Estoy aquí delante de la mesa, casi sin aliento, tratando de calmarme y esperando que amanezca, pues los caballos estarán ensillados al despuntar el alba.

Charlotte duerme tranquila sin sospechar que nunca me verá de nuevo.

He tenido el valor suficiente para separarme de ella sin revelar mi secreto después de una conversación de dos horas. ¡Y qué conversación, Dios mío!

Albert me había ofrecido que iría al jardín con ella, después de cenar.

Yo estaba en la explanada, bajo los corpulentos castaños, viendo por última vez el sol que se oculta más allá del valle y el río que se desliza con calma.

¡Había estado tantas veces con ella en aquel sitio! ¡Había contemplado tantas veces el mismo magnífico espectáculo! Y ahora...

Comencé a ir y venir por aquella alameda, tan querida, donde un secreto y simpático atractivo me había retenido a menudo antes de conocer a Charlotte. ¡Con qué placer, al iniciar nuestra amistad, nos dimos cuenta juntos de la preferencia que nos inspiraba este lugar, que sin duda es uno de los más románticos que conozco de las creaciones artísticas!

A través de los castaños se descubre una enorme vista... ¡Ah! Recuerdo que te he hablado en mis cartas de estos altos muros de hayas y de la alameda en que sin sensibilidad va desapareciendo la luz cuanto más cerca está un pequeño bosque donde termina y donde todo se confunde en un lugar que parece impregnado con toda la melancolía de la soledad. Aún me dura la inefable sensación que tuve cuando estuve ahí la primera vez, en el momento en que el sol se hallaba en lo más alto de su camino; ya entonces tuve un presentimiento ligero de que el paraje sería para mí escenario de infinito dolor y grandes alegrías.

Hacía media hora que estaba absorto en los dulces y crueles pensamientos de la partida y del regreso, cuando la vi subir por la explanada. Corrí hacia ella, tomé su mano con la mayor emoción y se la besé. Llegábamos a lo más alto cuando apareció la luna por detrás de los zarzales y cubrían la colina. Hablábamos de cosas diferentes y nos acercamos a la sombría plazoleta.

Charlotte entró y se sentó; Albert se puso a un lado de ella y yo al otro; pero mi inquietud no me permitía estar sentado mucho tiempo.

Me levanté, me coloqué delante de ella; di algunos pasos y volví a sentarme. Sentía algo parecido a la agonía. Charlotte nos hizo ver el bello efecto de la luna, que desde la punta de las hayas alumbraba toda la explanada. La escena era soberbia y tanto más sublime para nosotros pues nos rodeaba una oscuridad casi total. Después de un breve rato, en que todos estuvimos callados, Charlotte tomó la palabra.

—Nunca —dijo—, nunca me paseo a la claridad de la luna sin recordar a mis queridos difuntos, sin sentirme conmovida por la idea de la muerte y del futuro.

—¡Subsistiremos! —añadió con un acento que revelaba la sensación más viva—. Pero, Werther, ¿volveremos a encontrarnos? ¿Nos reconoceremos? ¿Qué piensas? ¿Cuál es tu opinión?

—Charlotte —exclamé dándole la mano y con los ojos llenos de lágrimas—; ¡sí, volveremos a vernos! ¡En esta vida y en la otra!

No atiné a decir más, Wilhelm. ¿Era necesario que ella me hiciera alguna pregunta, cuando todo mi ser estaba lleno con la idea de esta cruel separación?

—Y nuestros queridos muertos —siguió ella—, ¿saben algo de nosotros? ¿Tienen alguna idea de que los llevamos en la memoria, con inefable cariño, en nuestros momentos de felicidad? ¡Oh! La imagen de mi madre vaga siempre a mi alrededor, cuando estoy sentada en la noche en medio de sus hijos, de mis hijos, que se agrupan a mi alrededor como lo hacían al suyo. Si entonces dirijo al cielo mis ojos, bañados por una lágrima de deseo, anhelando que vea cómo cumplo la palabra que le entregué en su lecho de muerte de ser la madre de sus hijos, exclamo, llena de emoción: ¡Perdóname, madre amada, si no soy para ellos lo que tú fuiste! ¡Ah! Hago todo lo que puedo; están vestidos y alimentados, y sobre todo, los cuido y los amo; si pudieras ver nuestra unión, ¡oh, alma queridísima!, elevarías las más vivas acciones de gracias a ese Dios a quien pedías con amargo llanto, el último que brotó de tus ojos, que hiciera felices a tus hijos...

Esto decía Charlotte. ¡Oh, Wilhelm!, ¿quién puede repetir su dicho? ¿Cómo la letra, fría e insensible, podría reproducir su palabra, que era flor celestial de su alma?

Albert, la interrumpió y le dijo dulcemente:

—Charlotte, eso te afecta demasiado. Comprendo que esas ideas te son queridísimas, pero te ruego...

—Albert —dijo Charlotte—, ya sé que no has olvidado aquellas noches en que nos sentábamos alrededor del velador, cuando papá no estaba y habíamos acostado a los niños. Tú tenías casi siempre un buen libro y casi nunca nos leías en él. La conversación de aquella criatura sublime, ¿no era preferible a todo? ¡Qué mujer! Amable, bella, siempre alegre y siempre trabajadora... ¡Dios sabe las veces que arrodillada sobre mi lecho y llorando, le había pedido que me hiciera semejante a mi madre!

—Charlotte —dije, arrojándome a sus pies y estrechando su mano, que bañaba con mis lágrimas—; Charlotte, que siempre te acompañen la bendición de Dios y el espíritu de tu madre.

—¡Si la hubieras conocido! —dijo, apretándome la mano—. Era digna de que la conocieras.

Creía que me anonadaba: nunca se había pronunciado en mi elogio palabra más grande, más gloriosa.

Charlotte prosiguió:

—¡Y esta mujer ha muerto en la flor de la edad, cuando su último hijo no tenía seis meses de vida! Su enfermedad no fue larga; estaba resignada y tranquila; su única pena era abandonar a sus hijos, sobre todo al más pequeño. Cuando entraba en la agonía, me dijo: «¡Tráemelos!». Yo los llevé; los menores no comprendían su desgracia; los más grandes estaban muy afectados. Cuando rodearon su lecho, levantó las manos al cielo y rogó por ellos; luego, uno tras otro, los besó; después les dio el último adiós y me dijo: «Tú serás la madre». Como respuesta estreché su mano. «Mucho me prometes, hija mía —me dijo—. A menudo he visto en tus lágrimas de reconocimiento que entiendes lo que hay en las miradas y el corazón de una madre. Ten ambas cosas para tus hermanos y para tu padre, la fidelidad y obediencia de una esposa. Serás su consuelo».

Pidió que entrara mi padre, que había salido para esconder el inmenso dolor que le abrumaba; tenía el corazón hecho pedazos. Tú, Albert, estabas en la alcoba. Oyó que alguien se paseaba; preguntó quién era y dijo que te acercaras. Nos miró fijamente y su mirada tranquila mostraba la idea de que juntos seríamos felices.

Albert se arrojó en sus brazos y dijo:

—¡Lo somos! ¡Lo seremos!

El flemático Albert estaba fuera de sí; yo no me conocía a mí mismo.

—Werther —siguió ella—, ¿y esta mujer debía morir? ¡Oh, Dios! Cuando algunas veces pienso cómo nos dejamos robar lo que más amamos en el mundo... Y nadie lo siente con tanta fuerza como los niños; los míos, mucho después, se quejaban de que los hombres negros se habían llevado a mamá.

Charlotte se levantó; yo, temblando, pero dejando el letargo que me dominaba, seguí sentado y estrechando con mis manos una de las suyas.

—Debemos volver a casa —dijo—; ya es hora. Quiso retirar su mano y la retuve con brío.

—¡Volveremos a vernos! —exclamé—. ¡Volveremos a encontrarnos! Sea la que sea nuestra forma, nos reconoceremos. Me voy —continué—, me voy por voluntad propia;

pero si creyera que nuestra separación sería eterna, no podría soportarlo. ¡Adiós, Charlotte; adiós, Albert! Nos volveremos a ver.

—Creo que mañana —dijo ella en tono de broma.

Este mañana atravesó mi corazón. ¡Ah! Ella no sabía, cuando separó su mano de la mía...

Se fueron alejando. Yo me quedé inmóvil, siguiéndolos con la mirada, a la luz de la luna. Me arrodillé, lloré sin reserva, me levanté de repente, corrí a la explanada y todavía, a lo lejos, bajo la sombra de los altos tilos, cerca de la puerta del jardín, vi brillar su blanco vestido. Extendí los brazos hacia ella y desapareció.

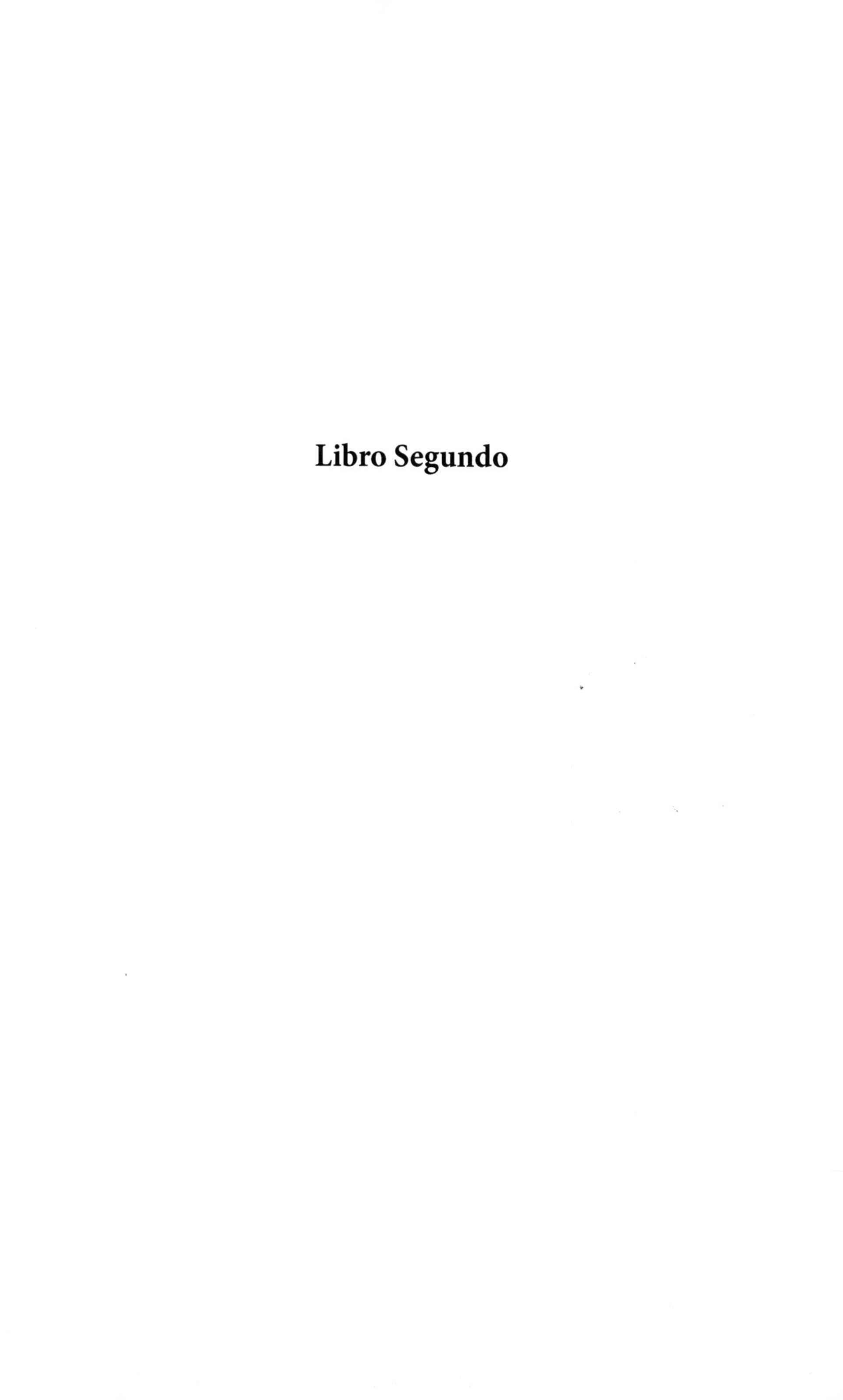

Libro Segundo

20 de octubre

Llegamos ayer. El embajador está indispuesto y estará en cama algunos días. Si por lo menos fuera un hombre de buen trato, todo marcharía bien. Lo veo, lo veo: la suerte me ha deparado pruebas difíciles. Pero, ¡ánimo! Un carácter ligero lo soporta todo. ¡Un carácter ligero! Risa me da ver que esta frase ha escapado de mi pluma. ¡Ah! Si fuera más superficial, sería el hombre más feliz del mundo. Otros, pobres de fuerza y de talento se pavonean delante de mí con aire de suficiencia y yo me desespero de mis energías y de mis dotes. Tú, Señor, que me has dado todos estos bienes, ¿por qué no me negaste la mitad, para concederme la confianza y la satisfacción de mí mismo?

¡Paciencia, paciencia! Todo mejorará. Sí, amigo mío, confieso que tienes razón; desde que paso todos los días entre la multitud y veo lo que son los demás y cómo se conducen, estoy mucho más alegre de ser como soy. Sin duda, pues nos han hecho de modo que todo lo que comparamos con nosotros mismos y a nosotros mismos con todo, el bien o el mal está en los objetos que nos sirven para el paralelo y por lo tanto nada me parece más dañino que la soledad.

Nuestra imaginación, tendiente por naturaleza a exaltarse, alimentada por imágenes fantásticas de la poesía, se forja una serie de seres, entre los que ocupamos el último lugar y todo nos parece más grande fuera de nosotros y todas las personas mejores que la nuestra. Sin duda, esto es natural; a cada paso notamos que nos faltan muchas cosas y precisamente creemos que otro posee lo que nos falta; le atribuimos todo cuanto tenemos y le encontramos, además, cierto atractivo ideal. Entonces este hombre feliz es perfecto; es la creación de nuestra fantasía.

Al contrario, cuando con toda nuestra debilidad y nuestro esmero continuamos nuestro trabajo sin distracción, vemos a menudo que caminando lentamente y bordeando, avanzamos más que otros a fuerza de velas y remos... Y, sin embargo, siempre está contento de sí mismo el que marcha al lado de los demás o logra adelantarlos.

26 de noviembre

A decir verdad, empiezo a estar muy bien aquí. Lo mejor es que no me falta trabajo y que esta gente y estas fisonomías de todas clases, nuevas para mí, me divierten. He hecho conocimiento con el conde de C., a quien estimo más día a día. Persona de superior inteligencia, no es, sin embargo, un corazón frío, aun cuando sus luces abarquen amplias extensiones. Su trato muestra un alma formada para la amistad y la ternura. Se ha encariñado conmigo por un negocio cuyo arreglo se me encomendó. Desde las primeras frases vio que nos entendíamos y que podía hablarme de modo distinto que a los demás. No encuentro palabras para alabar la franqueza con que me honra, ni hay nada en el mundo que produzca alegría tan grande y real como hallar un alma privilegiada que nos abre su corazón.

24 de diciembre

El embajador me hace pasar muy malos ratos, lo que yo ya preveía. Es el tonto más puntilloso de la tierra; camina paso a paso y es meticuloso como una solterona; nunca está contento consigo mismo, ni hay forma de contentarle. Me gusta trabajar de prisa y no retocar lo que escribo: él es capaz de devolverme una minuta y decir: «Está bien, pero repásala; siempre se encuentra una expresión mejor o un término más adecuado». Cuando así sucede, me daría a todos los demonios. No ha de faltar una conjunción; es enemigo mortal de las inversiones gramaticales que a veces se me van; no entiende más periodo que el que se escribe con la cadencia tradicional. Es un suplicio entenderse con hombre así.

Lo único que me consuela es la amistad del conde C. Hace unos días me mostró con la mayor franqueza que le fastidian la lentitud y la nimiedad características del embajador. «Esta gente es una polilla para sí misma y para los demás —decía—; pero hay que padecerla, como cualquier viajero enfrenta el estorbo de una montaña. Si ésta no estuviera, el camino sin duda sería más sencillo y más corto; pero la montaña existe y hay que superarla».

El viejo conoce bien la preferencia que sobre él me tiene el conde; esto le quema y usa las oportunidades que se le dan para hablar mal de él en mi presencia. Desde luego lo contradigo y ya tenemos altercado. Ayer, por ejemplo, me tomó por su cuenta y me sacó de mis casillas. Decía «el conde conoce bien los negocios del mundo, tiene facilidad para el trabajo y escribe bien; pero como casi todo literato, carece de conocimientos profundos».

Después hizo una mueca que podría entenderse como «¿te llega a ti ese dardo?». Pero no tuvo efecto en mí.

Desprecio a quien piensa y se conduce de este modo y le respondí con viveza, que el conde merece mayor respeto, tanto por su carácter como por su instrucción. Agregué: «No conozco a nadie que haya desarrollado mejor su talento y haya podido aplicarlo a gran cantidad de objetos, sin perder toda la actividad necesaria para la vida cotidiana». Hablar así a este imbécil era hablarle en griego y me despedí de él para evitar que me agitara más la bilis con sus majaderías. Y toda la culpa es de los que me han amarrado a este yugo con todas las maravillas sobre la actividad. ¡Actividad! Remaría por propia voluntad diez años más en la galera donde ahora estoy, si el que no tiene otra ocupación que la de plantar patatas y vender su grano a la ciudad no hace más que yo. ¿Y la miseria brillante que veo, el tedio que priva entre esta gente, esta manía de clases que les hace acechar y buscar la oportunidad de levantarse unos sobre otros, fútiles y mermadas pasiones que se presentan al desnudo? Aquí, por ejemplo, hay una mujer que no habla a nadie más que de su nobleza y sus fincas, de tal modo que los forasteros dirán para sí: «Esta es una sandía, a quien un poco de nobleza y cuatro terrones le han devuelto el juicio». Pero esto no es lo peor: la susodicha es tan sólo hija de un escribano de estos lugares. No puedo comprender a la especie humana, que tiene tan poco juicio, que se prostituye con mezquindad. Wilhelm, cada día me convenzo más de lo estúpido que es querer juzgar a los demás. ¡Tengo tanto que hacer conmigo mismo y con mi corazón, tan turbulento! ¡Ah! Dejaría gustoso seguir a todos su camino, si ellos también me dejaran caminar el mío.

Lo que más me irrita son las miserables distinciones sociales. Sé como cualquiera lo necesaria que es la diferencia de clases y conozco sus puntos favorables, de los que yo mismo tomo ventaja; pero no quisiera que vinieran a estorbarme el paso justo cuando podría tener aún alguna leve alegría, algún indicio de felicidad. He hecho conocimiento en el paseo con la señorita B., criatura amable que en medio del mundo infatuado en que vive, conserva naturalidad. Nuestra plática nos fue grata a los dos y al separarnos le pedí permiso para visitarla. Me lo concedió con tal franqueza que apenas pude esperar la hora de acudir a su encuentro. No es de aquí y vive con una tía. La fisonomía de la vieja me desagradó; yo me mostré atento con ella, le dirigí casi siempre la palabra y en menos de treinta minutos adiviné lo que la sobrina me confesaría más tarde; resulta que su tía a su edad carece de todo: de fortuna y de talento. No tiene más recursos que una larga lista de abuelos, en la que se protege como detrás de un muro, ni más diversión que la de mirar altanera a la gente que pasa bajo su balcón.

Debe haber sido hermosa cuando joven y ha pasado la vida en cosas sin importancia; ha sido por capricho el tormento de algunos jóvenes infelices y después, en la madurez aceptó con humildad el yugo de un oficial, de edad avanzada, que por un mediano pasar sufrió con ella su últimos días y murió; pero ahora ella se ve sola y nadie la miraría si su sobrina no fuera tan amable.

8 de enero de 1772

¡Qué pobres hombres son los que entregan su alma a los cumplimientos y cuya única ambición es ocupar la silla más visible de la mesa! Se entregan con tal vehemencia a estas tonterías, que no tienen tiempo de pensar en los asuntos de importancia verdadera. Una de tantas sandeces nos aguó toda una fiesta la última semana.

¡Necios! No ven que el lugar no tiene importancia y que el que ocupa el primer puesto juega muy pocas veces el primer papel. ¡Cuántos reyes están gobernados por sus ministros! ¡Cuántos ministros, por sus secretarios! ¿Y quién es el primero? Yo creo que aquél cuyo ingenio controla al de los demás y por su carácter y destreza transforma las fuerzas y pasiones ajenas en artífices de sus deseos.

20 de enero

Necesito escribirte, mi querida Charlotte, aquí en un rincón de una posada de aldea, donde me refugié para escapar de una tempestad.

Desde que estoy en este triste albergue de D., entre personas raras, ajenas por completo a mi corazón, ni un instante siquiera he sentido la necesidad imperiosa de escribirte. Pero en esta cabaña, en la soledad, en esta cárcel, mientras que la nieve y el granizo golpean mi ventana, ha sido tuyo mi primer pensamiento. Desde que llegué, ¡oh, Charlotte!, tu imagen y recuerdo, recuerdo tan vivo y santo, se han apoderado de mí y creo, ¡Dios mío!, sentir todas la alegrías de nuestro primer encuentro.

¡Si pudieras verme, querida, en medio del torrente de distracciones que me asedia! Todas mis sensaciones se enervan y pierden sensibilidad. Ni un solo instante de gozo para mi corazón, ni el más insignificante descanso para mi alma. Nada, nada; estoy aquí como si asistiera a una función de sombras chinescas. Veo pasar y repasar delante de mí hombrecitos y caballitos, y me pregunto muchas veces si no es una ilusión. Yo formo parte de los personajes y desempeño también mi papel; más bien, se me obliga a hacerlo, se me hace actuar como un autómata. Si tomo la mano de quien está más cerca, retrocedo con espanto, pensando que es de madera.

Por la noche hago proyecto de ir a ver la alborada del día siguiente: amanece y me quedo en la cama. De día juego con la idea de ver después la luna y cuando oscurece, me olvido del tema en mi alcoba. Apenas me explico por qué me levanto y por qué me acuesto.

El resorte que daba movilidad a mi existencia se ha roto; el encanto que me tenía despierto en las tinieblas de la noche y me desvelaba en la mañana se ha ido. Sólo una criatura he visto acá digna del nombre de mujer: la señorita B. Se parece a ti, querida Charlotte, si es que algo puede parecérsete. ¿Y qué?, dirás, ¿ahora me vienes con galanterías?

Sí, no es esto de total falsedad; desde hace algún tiempo soy muy adulador... porque no puedo ser otra cosa. Me doy aires de ingenio y dicen las damas que nadie puede hacer un elogio más delicado que yo.

Añade: ni mentir, porque lo uno va siempre con lo otro. Creo que te decía de la señorita B. En el fuego de sus ojos azules se adivina naturalmente la energía de su alma. Su posición la mortifica, pues no alcanza a satisfacer ninguno de los deseos de su corazón. Aspira a alejarse del torbellino social y soñamos horas enteras con una felicidad pura, en medio del campo. ¡Ah! ¡Cuántas veces, Charlotte, la he forzado a admirarte! ¿Forzado? No: su admiración es auténtica. ¡Tiene tanto gusto en oír de Charlotte! ¡La quiere tanto! ¡Oh, si yo estuviera sentado a tus pies, en aquel gabinete seductor y apacible, con los niños corriendo alrededor nuestro! Cuando te molestara el ruido, les reuniría y los haría guardar silencio contándoles algún cuento pavoroso. El sol desciende con majestuosidad detrás de las colinas llenas de nieve; la tempestad ha terminado, y yo... debo regresar a mi jaula. ¡Adiós!

¿Está Albert a tu lado? ¿Qué digo? Dios perdone mi pregunta.

8 de febrero

Hace una semana que el tiempo no puede ser peor y me alegro, pues desde que estoy aquí no he logrado ver un buen día, sin que algún inoportuno me lo arruine o me lo robe. Al menos, cuando llueve con fuerza, cuando nieva, cuando hiela o deshiela, me digo: «Mejor me quedo en casa»; pero si amanece soleado, si todo augura un buen día, nunca dejo de decir: «Éste es un favor del cielo que podemos usurpar unos a otros». No hay nada que el hombre no se quite sin escrúpulos: salud, reputación, alegría, descanso.

Desde luego, casi siempre por necedad, estrechez y egoísmo; y según ellos, con la mejor intención. Algunas veces quisiera rogarles que no se desgarraran las entrañas de forma tan encarnizada.

17 de febrero

Temo que el embajador y yo no tengamos muchos acuerdos. Es completamente insoportable. Su manera de llevar los negocios y de trabajar es tan ridícula, que no puedo dejar de oponerme a él y hasta de actuar algunas veces según mi opinión, lo cual desde luego le disgusta; hasta ha elevado una queja sobre mí a la corte, por lo que he recibido una reconvención del ministro, muy suave, pero al fin una reconvención.

Iba a solicitar una licencia temporal, cuando recibí de él una carta personal, en vista de la cual he bajado la cabeza y alabo el buen sentido, el juicio recto, noble y elevado que le ha dictado. ¡Con qué delicadeza hace justicia a mis capacidades (incluso exageradas) de actividad, de influencia sobre otros, de penetración en los asuntos; aptitudes que tiene la amabilidad de calificar de noble ardor juvenil!

¡Cómo modera y reprime el exceso de mi sensibilidad! No trata de oprimir mis ideas, sino de moderarlas, suavizarlas y dirigirlas hacia un objeto sobre el que puedan actuar con toda amplitud y ventaja. Esto me ha reconfortado para ocho días y me ha reencontrado conmigo mismo.

Esta paz es un tesoro, es la verdadera felicidad. ¡Ay, amigo mío! ¿Por qué una alhaja tal es tan frágil, tan extraña y a la vez tan preciosa?

20 de febrero

¡Que Dios lleve su bendición a ustedes, amigos míos, y les dé cada día la felicidad que a mí me niega! Gracias, Albert, por haberme engañado.

Esperaba recibir noticias de su boda y ese día me había propuesto quitar de la pared el retrato de Charlotte, guardándolo con otros papeles.

¡Ya están unidos y su imagen se halla en el mismo sitio! Pues bien, que se quede en su lugar. ¿Y por qué no habría de quedarse? Sin dañarte en forma alguna, ¿no tengo también yo un lugar en el corazón de Charlotte?

Sí, lo sé; sé que ocupo el segundo lugar y quiero y debo conservarla por esa razón. Si llegara a saber que podía olvidarme, me volvería loco de furia... Esta sola idea, Albert, es un infierno. ¡Adiós, Albert! ¡Adiós, Charlotte, ángel del cielo, adiós!

15 de marzo

He sufrido una mortificación que me llevará de aquí. Estoy furioso. Lo dicho, esto es hecho y ustedes son los únicos culpables; ustedes, que me han excitado, atormentado, forzado a tomar un destino que no deseaba. Nos hemos lucido. Y para que no me digas que lo estropeo todo con mis ideas exageradas, voy, querido amigo, a decirte lo sucedido, con la sencillez y exactitud del cronista.

El conde de C. me aprecia y me distingue: ya lo sabes, porque lo he dicho muchas veces. Ayer comí en su casa. Justo era uno de los días en que por las tardes tiene tertulia, a la que asisten las damas y caballeros más distinguidos. Yo no había pensado en semejante cosa y jamás pude imaginar que nosotros, los menos encopetados, estábamos de más.

Comí y después estuve paseando y charlando con el conde en el gran salón. Llegó el coronel B., que se unió a la conversación, y por fin sonó la hora de la tertulia. ¡Bien sabe Dios que no pensaba en ello! Entra la nobilísima señora de S., con su marido y la pava de su hija, que tiene el pecho como una tabla y un talle que no es talle. Pasaron delante de mí con el aire de desdén común en ellos. Como no me inspira la gente de esta clase más que una honda antipatía, opté por retirarme, y esperaba sólo a que el conde estuviera libre de la fastidiosa palabrería, cuando entró la señorita B. Como siempre que la veo se impresiona un poco mi corazón, me quedé y me coloqué detrás de su asiento. Llegué a observar que me hablaba con menos franqueza de la habitual y con alguna tensión. Esto me sorprendió. «¿Es ella como todas estas personas?», me pregunté. Estaba picado y quería irme; sin embargo, me quedaba, esperando que con alguna frase que me dirigiera llegara a convencerme de que mi pregunta carecía de justicia y... qué se yo. Mientras tanto, el salón se llenó. El barón F., que llevaba todo un guardarropa del tiempo en que se coronó Francisco I; el consejero áulico R., que se anuncia haciéndose llamar su excelencia, con su mujer, que es sorda, etcétera.

No debo omitir a J., el desaliñado, que tapa los hoyos de su traje gótico con retales del día. Estas y otras personas entraron, mientras yo hablaba con otras conocidas mías, que me parecieron muy lacónicas.

Pensando y atendiendo únicamente a B., no noté que las señoras cuchicheaban en un rincón del salón y que algo extraordinario sucedía entre los caballeros; no observé que la señora de S. hablaba aparte con el conde. (Todo esto me lo dijo después la señorita B.). Por último, el conde vino hacia mí y me llevo al hueco de la ventana.

—Ya conoces —me dijo— nuestras costumbres. He observado que la gente en general está descontenta de verte aquí y aunque yo no querría, por nada del mundo...

—Perdóneme, señor —dije interrumpiéndolo—. Debí darme cuenta, lo sé, y sé también que perdonará esta irreflexión.

Haciendo una cortesía y riendo, añadí:

—Ya había pensado retirarme y no sé qué maligno espíritu me detuvo.

El conde apretó mi mano de un modo que expresaba cuánto podía decir. Me escurrí despacio y fuera ya de la reunión, subí a mi birlocho y fui a M. para ver desde la colina el atardecer, leyendo el magnífico canto en que habla Homero de cómo Ulises fue alojado por uno que guardaba puercos. Hasta ahí, todo iba bien.

Por la noche regresé a mi posada a cenar. Sólo encontré a algunas personas, que jugaban dados en el comedor, en un ángulo de la mesa, para lo cual habían alzado un poco los manteles. Entró el apreciable Adelin, dejó su sombrero, mientras me dirigía la mirada, vino hacia mí y dijo en voz baja.

—¿Con que has tenido un disgusto?

—¿Yo?

—El conde te ha corrido de su tertulia.

—Cargue el diablo con ella. Salí para respirar un aire más puro.

—Me alegro de que no des importancia a lo que carece de ella; sólo siento que el caso se haya hecho público.

Esto hizo que se despertara mi enojo. Conforme llegaba la gente para sentarse a la mesa, me miraban y yo decía para mis adentros: «Te miran por lo de la reunión». Y esto me quemaba la sangre.

Y como ahora, adondequiera que vaya, oigo decir que los que me envidian baten palmas; que me citan como un ejemplo de lo que sucede a los presuntuosos que creen tener la facultad de prescindir de todas las consideraciones porque están dotados de algún ingenio; y oigo además otras majaderías semejantes, de buen grado me acuchillaría el corazón. Digan lo que digan los caracteres despreocupados, yo querría saber quién es el que puede soportar que tanto bellaco murmure de él en esta forma. Sólo cuando la murmuración carece de bases es fácil despreciar a los murmuradores.

16 de marzo

Todo conspira en mi contra. Hoy hallé en el paseo a la señorita B. Me vi forzado a acercarme y apenas nos alejamos un poco del resto, le di mil quejas por lo que anteayer sucedió con ella.

—¡Oh, Werther! —me dijo con la mayor ternura—, ¿cómo interpreta tan mal aquel trastorno mío, usted que me conoce tan bien. ¡Cuánto he sufrido por usted desde que lo vi en el salón! Todo lo adiviné; cien veces estuve a punto de decírselo. Sabía que las señoras de S. y de T. se marcharían con sus maridos si no se iba; sabía que el conde no se atrevería a romper con ellos... ¡y ahora me pide cuentas!

—¡Cómo, señorita! —dije, cubriendo mi trastorno y sintiendo agua hirviendo correr por mis venas, al tiempo que recordaba todo lo que me había dicho Adelin.

—¡Cuánto me ha costado todo esto! —dijo aquella belleza, con los ojos llenos de llanto.

Dejé de ser dueño de mí y poco faltó para que me lanzara a sus pies.

—¡Explíquese! —le dije.

Sus lágrimas rodaron; yo estaba fuera de mí. Se enjugó el llanto, sin tratar de ocultarlo.

—Mi tía —continuó—, a quien ya conoce, estaba presente. ¡Gusto le dio verle conmigo! Werther, ayer por la noche y esta mañana he tenido que sufrir un sermón por ser su amiga y me he visto forzada a oír que lo insultaban, que lo humillaban, sin poder defenderlo, sin atreverme a hacerlo más que a medias.

Cada palabra que decía era una espada que cruzaba mi corazón. Sin entender el bien que me hubiera hecho al ocultar todas estas cosas, siguió diciendo lo que de mí se había dicho y quiénes se enorgullecieron del triunfo, celebrando que se había castigado mi orgullo y mi desprecio hacia los demás, cosas que hace tiempo me reprochan.

¡Y oírlo todo de ella, Wilhelm; oírlo de ella, cuyo afecto para mí es verdadero y hondo! Quedé anonadado y todavía crece la ira en mi pecho.

Quisiera que alguno de ellos tuviera el valor de pronunciar una palabra delante de mí, para atravesarle parte por parte con mi espada.

Me calmaría si viera correr la sangre. ¡Ah!, más de cien veces he tomado un cuchillo para acabar con mi asfixia. Dicen que hay una noble raza de caballos que enardecidos y cansados al extremo, se muerden por instinto una vena para respirar con más facilidad. Muchas veces estoy en este caso; querría abrirme una vena que me diera la libertad infinita.

24 de marzo

He pedido mi cese con la esperanza de conseguirla y de que me perdonarás el que lo haya hecho sin consultarte. Necesito salir de aquí y sé todo lo que pudieras decir para evitarlo; di a mi madre lo que sucede, de modo que no se moleste. Es preciso que lleve con paciencia el que no la satisfaga quien ni a sí mismo puede satisfacerse. No dudo que esto le dará mucha pena. ¡Ver que su hijo se detiene de pronto en la brillante carrera que le llevaba a los puestos de consejero y embajador!

¡Ver que se desvía del camino! Haz todas las objeciones que se te ocurran y cuantas combinaciones conduzcan a demostrar en qué casos podía y debía seguir aquí; he decidido irme y me voy. Para que sepas adónde, te diré que mi compañía es muy grata al príncipe de Z., y que cuando supo de mi decisión, me pidió que le acompañara a sus estados para pasar la primavera. Me ha prometido libertad absoluta y como estamos de acuerdo en casi todo, voy a correr el riesgo y me iré con él.

19 de abril

Te agradezco tus dos cartas. No he contestado porque para enviarte ésta, esperaba recibir el cese de la corte. Temía que mi madre influyera con el ministro y acabara con mis planes; pero ya está todo arreglado, pues mi renuncia ha sido aceptada. No te diré la repugnancia con que han accedido a mis deseos, no lo que me escribe el ministro, porque aumentarían tus lamentaciones. El príncipe heredero me ha dado una gran suma de despedida; 25 ducados, escribiéndome palabras que me han enternecido hasta las lágrimas. No necesito entonces el dinero que últimamente había solicitado a mi madre.

5 de mayo

Salgo mañana y como sólo son seis millas de camino al lugar donde nací, quiero volver a verle y recordar los días de mi infancia, que fueron como un sueño.

Quiero entrar por la misma puerta por donde salí con mi madre cuando, después de morir mi padre, abandonó esta querida y tranquila aldea para encerrarse en esa espantosa ciudad. Adiós, Wilhelm; ya sabrás de mi viaje.

9 de mayo

He visitado el pueblo que me vio nacer, con la devoción de un peregrino, impresionándome una parte de sentimientos que no esperaba. Hice detener el coche cerca del gran tilo que hay a un cuarto de legua de la población, al sur; me bajé y mandé al cochero que fuera adelante, para seguir yo a pie y saborear todos los recuerdos con la viveza y plenitud de la novedad. Me detuve bajo el tilo que en mi infancia fue objeto y final de mis paseos. ¡Qué diferencia! Entonces, con dichosa ignorancia, me lanzaba con ímpetu hacia ese mundo desconocido en que esperaba encontrar mi corazón todo el alimento, todas las venturas que debían colmar y satisfacer la efervescencia de mis deseos. Ahora vuelvo ya de ese vasto mundo y ¡oh, amigo!, ¡cuántas esperanzas perdidas!, ¡cuántos planes destruidos! Aquí tengo frente a mí las montañas que mil veces contemplé como el objeto de mi deseo.

En aquella época podía quedarme en estos sitios durante horas, pensando escalar esas alturas, llevando mi pensamiento al fondo de los valles y de las alamedas que veía entre las tintas suaves del crepúsculo; y cuando llegaba el momento de regresar a casa, abandonaba este paraje querido con inefable pena. Al acercarme al pueblo he saludado todos los viejos pabellones de los jardines, mis antiguos conocidos. Las nuevas casas no me gustan, como todos los cambios que he visto. Pasé la puerta de entrada a la población y sí que me hallé dentro de mis recuerdos. Amigo mío, no quiero abundar en detalles; la relación sería tan pesada como grande ha sido el placer que he tenido. Pensaba quedarme en la plaza, justo al lado de nuestra antigua morada. Vi al pasar que la escuela, donde una buena vieja nos reunía cuando chicos, se había convertido en una especiería. Recordé la inquietud, los temores, los apuros y las aflicciones que había sufrido en aquella especie de agujero. No daba un paso que no me produjera emoción. No encuentra un peregrino en Tierra Santa tantos lugares consagrados por recuerdos religiosos y dudo que su ser sienta emociones tan puras. Ahí va una entre mil:

bajé por la orilla del río adelante hasta una alquería, adonde iba yo con mucha frecuencia: es un paraje pequeño, donde los muchachos nos divertíamos en lanzar piedras a la superficie del agua para ver quién las hacía rebotar mejor.

Recordé vívidamente que me detenía a veces a ver correr el agua, formándome las ideas más hermosas de su curso; recordé las caprichosas pinturas que hacía de los paisajes donde aquella corriente debía ir a parar; recordé que pronto hallaba mi imaginación los límites de esos países y que, no obstante, yo iba más lejos, siempre, y acaba perdido en la contemplación de un paisaje lejano y vaporoso. Amigo: así, con esta felicidad, vivieron los venerables padres del género humano: tan infantiles fueron sus impresiones y su poesía. Cuando Ulises habla del mar inmenso y de la tierra ilimitada, su lenguaje es real, humano, íntimo, sorprendente y misterioso. ¿De qué me sirve repetir con todos los colegiales que la Tierra es redonda? ¡La Tierra!

Sólo necesita el hombre algunas paletadas para su goce y aún menos para su descanso eterno.

Estoy ahora en la casa de campo del príncipe. Se vive muy bien con él; es la verdad y la sencillez en persona; pero está rodeado de gente singular que no acabo de entender. Sin tener el aspecto de unos bribones, tampoco tienen el de los hombres de bien. Algunas veces los considero respetables y, sin embargo, no alcanzo a confiar en ellos.

Me molesta que el príncipe hable a menudo de cosas que ha oído decir o que ha leído, copiando siempre servil lo que lee y lo que oye. Añade a esto que tiene en más mi talento que mi corazón, este corazón, única cosa que me enorgullece, única fuente de fuerza, de felicidad y de infortunio. ¡Ah! Lo que yo sé cualquiera lo puede saber; pero mi corazón sólo lo tengo yo.

25 de mayo

Me rondaba una idea en la cabeza de la que no quería hablar sino después de llevarla a cabo; ahora que no sucederá puedo hablar de ella.

Quería ir a la guerra y este deseo ha ocupado mi corazón mucho tiempo; motivo primordial que me llevó a acompañar al príncipe, que es general al servicio de Prusia. Un día que paseábamos, le revelé mi intención y él se esforzó en disuadirme; si no hubiera escuchado sus razones, hubiera habido en mí más pasión que capricho.

11 de junio

Di lo que quieras, no puedo permanecer más tiempo. ¿Qué haría aquí?

El príncipe me trata muy bien, como puede tratarse a un hombre y, sin embargo, no estoy a gusto; el tiempo se me hace eterno. En el fondo, no tenemos nada en común. Es hombre de talento, pero adocenado. Su plática no tiene para mí mayor atractivo que la lectura de un libro bien escrito. En ocho días volveré a ir a vagar de un lado a otro. Lo mejor que he hecho han sido mis dibujos. El príncipe es aficionado al arte y hasta llegaría a ser inteligente si no estuviera tan atado al principio pedantesco de las reglas y la terminología. Me molesta a veces y me impacienta cuando enardecido por la inspiración, le hago recorrer los campos de la naturaleza y del arte, y él cree actuar de maravilla intercalando una palabra teórica o un término de ciencia.

16 de julio

No soy más que un peregrino que vaga por el mundo. ¿Eres tú diferente?

18 de julio

¿Adónde deseo ir? Te lo diré con confianza. Estaré aquí unos quince días y luego haré creer que deseo visitar las ruinas de ***, aunque en realidad no hay nada de ello; sólo quiero acercarme a Charlotte, ésa es la verdad.

Me río de mi propio corazón y al fin concluyo por hacer lo que él quiere.

29 de julio

No, ¡todo está en orden! ¡Todo está de maravilla! ¡Yo, su marido! ¡Oh, Dios mío, si me hubieras destinado tanta dicha, mi vida sólo habría sido una adoración continua! No quiero discutir. Perdóname las lágrimas; perdóname los deseos ilusorios. ¡Ella, mi esposa! ¡Estrechar en mis brazos a la criatura más peregrina que vive bajo el sol! Un temblor mortal se apodera de mí, Wilhelm, cuando Albert se permite ceñir con su brazo su cintura pequeña.

¿Y me atreveré a decirlo? ¿Por qué no? Sí, amigo mío, ella había sido más feliz conmigo de lo que es con él. ¡Oh! No es hombre propicio para satisfacer todos los anhelos de un corazón como el de ella. Carece de cierta sensibilidad, no tiene... ¡Tómalo como quieras! Su corazón no simpatiza con los nuestros al leer el pasaje de un libro querido, en que el mío y el de Charlotte se unen y laten al mismo tiempo juntos, ni en otros cien casos en que llegamos a decir nuestros sentimientos sobre la acción de un tercero.

Pero, Wilhelm, ¿es verdad que él la ama con toda el alma y que no merece semejante amor? Un hombre insoportable ha venido a interrumpir. Mi llanto se ha agotado. Estoy trastornado.

Adiós, amigo.

4 de agosto

No es sólo a mí a quien sucede esto. Todos los hombres se ven frustrados en sus esperanzas, engañados en lo que esperan. Visité a la buena campesina bajo los tilos; el mayor de sus hijos corrió hacia mí; los alegres gritos que daba atrajeron a la madre, que pasaba triste, abatida.

—¡Mi buen señor! —fue su primera frase al verme—. ¡El pobre Hans se me murió!

Hans era el menor de sus hijos. Yo guardé silencio.

—Mi marido —siguió— ha vuelto a Suiza y no ha traído nada; sin las buenas almas, se habría visto reducido a mendigar para volver y en el camino ha tenido fiebres.

No atiné a decir nada. Le di alguna cosa al niño y ella me rogó que aceptara unas manzanas. Las tomé y me alejé de un lugar con tan tristes recuerdos.

21 de agosto

En un abrir y cerrar de ojos, todo cambia para mí. A veces, un agradable rayo de la vida arroja una vislumbre, una media claridad en la oscuridad de mi alma y desaparece al momento. Si me pierdo en mis sueños, no puedo sino detenerme en este pensamiento: «Si se muriera Albert... tú serías... ella sería... Y yo...». Entonces me echo a correr, persigo a un fantasma, hasta que me conduce al borde del abismo cuya vista me estremece.

Si salgo de la ciudad y me encuentro en ese camino que seguí la primera vez para ir a buscar a Charlotte y llevarla al baile, ¡cuán cambiado luce todo a la vista! ¡Todo se ha desvanecido! Ya no queda ni un rasgo de ese mundo que ha pasado, ni una emoción de los sentimientos que entonces me agitaron. Soy semejante a la sombra de un príncipe con poder, que al salir de la tumba para ver de nuevo el lujoso palacio que para su amado hijo construyó y adornó con todo el esplendor y magnificencia, no encuentra más que escombros, tristes ruinas llenas de polvo y sepultadas bajo cenizas.

3 de septiembre

Muchas veces no alcanzo a comprender cómo puede amarla otro, cómo se atreve a hacerlo, ¡siendo mi amor por ella tan inmenso, profundo y único!

¡No conozco, no siento, no veo más que a ella!

4 de septiembre

Sí, así es. Al mismo tiempo que la naturaleza anuncia la cercanía del otoño, siento el otoño dentro de mí y a mi alrededor. Mis hojas amarillean y las de los árboles vecinos se han caído ya. ¿He vuelto a hablarte de aquel joven de la aldea que conocí cuando vine por primera vez a este lugar? He pedido en Wahlheim noticias suyas y me han dicho que después de echarle de la casa donde servía, nadie ha vuelto a saber de él. Ayer le encontré casualmente, camino a otra aldea; le hablé y me contó su historia, que me ha causado gran impresión, como comprenderás fácilmente cuando te la transmita.

¿Pero a qué llevan estos detalles? ¿No debía yo guardar para mí lo que me aflige y angustia? ¿Por qué he de entristecerte también? ¿Por qué he de darte sin parar ocasión para que me compadezcas y regañes? ¡Bah! Acaso no es mía la culpa, sino de mi estrella.

Este hombre contestó a mis primeras preguntas con sombría tristeza, en la que me pareció ver alguna confusión; pero en breve, como si entendiera con quién hablaba y me reconociera, me confesó con franqueza sus errores y deploró su infelicidad. ¡Que no pueda yo, amigo, recordar una a una sus palabras! Confesaba (sintiendo al hacer memoria de ello un tipo de alegría y placer) que su amor hacia su ama fue aumentando cada vez más, al grado de no saber lo que hacía ni, hablándote en su lenguaje, dónde tenía la cabeza.

No podía beber, comer ni dormir; esto lo martirizaba y hacía lo que no debía hacer, y olvidaba lo que le habían ordenado; parecía que tuviera un demonio en el cuerpo y, por último, un día que ella estaba en una habitación de un piso alto, la siguió o, más bien, se sintió arrastrado en su busca. Rogó sin resultado y pretendió usar la fuerza. Ignoraba cómo pudo llegar a tal extremo y ponía a Dios como testigo de que siempre había pensado en ella con total pureza y de que su más vehemente deseo había sido casarse para pasar la vida entera con ella. Después de conversar un rato, titubeó, como al que le falta algo que decir y no se atreve a seguir. Al final, me confesó tímido que ella le solía tolerar ciertas confianzas y le había concedido algunos favores ligeros. Interrumpió dos o tres veces el relato para repetirme que no decía esto «por ponerla en mal», que la quería tanto como antes; que jamás había hablado con nadie de estas cosas y que sólo me las decía para que me convenciera de que él no era un malvado ni un insensato.

Y ahora, amigo mío, vuelvo a mi eterna frase: ¡si pudiera pintarte a este muchacho tal como estaba, tal como lo veían mis ojos! ¡Si pudiera decirte todo a la perfección, para que comprendieras cómo me interesa, cómo debo interesarme por él! Basta; sabes lo que me pasa, sabes cómo soy y sabes demasiado bien cuánto me atraen los desdichados y, sobre todo, éste de quien te hablo.

Al releer lo escrito observo que se me olvidaba mencionar el fin de la historia, que se adivina con facilidad. La viuda se defendió; llegó su hermano, que hacía mucho odiaba al sirviente y deseaba sacarle de la casa por temor de que un nuevo matrimonio de la hermana dejara a sus hijos sin una herencia que esperaban con vehemencia, pues aquélla no tenía sucesión directa; este hermano puso al criado en la calle y armó tal escándalo sobre lo sucedido, que aunque la viuda hubiera deseado recibir de nuevo al joven, no se hubiera atrevido. Dicen que también ahora está que trina el hermano con otro criado que tiene la susodicha, respecto al cual aseguran que se casará con ella, cosa que el antiguo está decidido a no sufrir mientras viva.

No he exagerado ni retocado esta historia; hasta puedo decir que la he contado tenue, muy tenuemente, y que ha perdido mucho de su sencillez, porque la he encerrado en el modelo de nuestro lenguaje usual y muy circunspecto.

Esta pasión, que encarna tanto amor y fidelidad, no es una ficción de poeta; vive, centellea en toda su pureza en estos hombre que apellidamos incultos y groseros; nosotros, gente civilizada hasta el punto de no ser ya nada.

Lee esta historia con recogimiento; te lo ruego. Yo, escribiéndote hoy estas cosas, estoy calmado, ya lo ves; ni me precipito ni me confundo como suelo hacer. Lee, querido Wilhelm, y piensa bien que ésta es además la historia de tu amigo. Si, esto es lo que ha pasado; esto es lo que me ocurrirá a mí, que no tengo la mitad del valor y de la resolución de este pobre diablo, con el que apenas me atrevo a compararme.

5 de septiembre

Charlotte escribió una carta a su marido, que estaba en el campo, donde lo detenían los negocios. La carta comenzaba así: «Querido, queridísimo: vuelve lo más pronto que puedas; te espero con impaciencia...». Uno que llegó trajo la noticia de que algunas ocupaciones impedirían a Albert volver pronto. La carta quedó sin concluir sobre la mesa y por la noche vino a dar a mis manos. La leí y sonreí. Charlotte me preguntó qué me causaba hilaridad. «La imaginación es una cosa divina —dije—; por un momento me he imaginado que este texto es para mí». No contestó; creo que le molestó mi ocurrencia. Yo permanecí callado.

6 de septiembre

Mucho trabajo me ha costado decidirme a dejar el frac azul que llevaba cuando bailé con Charlotte por primera vez; pero ya estaba inservible.

Me he encargado otro idéntico, con cuello y vuelos iguales, y una chupa y unos calzones amarillos, como los que tenía. Bien sé que no es lo mismo llevar uno que otro; sin embargo... ¿quién sabe? Imagino que con el tiempo, le tocará al nuevo su turno y será el favorito.

12 de septiembre

Como Charlotte fue a ver a Albert, ha estado ausente algunos días. Hoy, al entrar en su habitación, salió a mi encuentro y le besé la mano con gran júbilo.

Sobre un espejo había un canario que voló a sus hombros. Tomándole entre los dedos, me dijo:

—Es un nuevo amigo que destino a mis niños. Es muy bonito, míralo. Cuando le doy pan, me entretiene ver cómo agita las alas y picotea. También me besa; observa.

Acercó su boca al pajarito y éste se plegó con tanto amor contra sus dulces labios, como si entendiera la felicidad que gozaba.

—Quiero también que te dé un beso —dijo ella, acercando el pájaro a mi boca.

Éste trasladó su piquito desde los labios de Charlotte hasta los míos y sus picotazos eran como un soplo de felicidad inefable.

—Sus besos —dije— no son del todo desinteresados; busca comida y cuando no la encuentra en las caricias que le hacen, se retira triste.

—También come en mi boca —exclamó Charlotte, dándole algunas migajas de pan en sus labios entreabiertos, sobre los que sonreía con voluptuosidad el placer de un inocente amor correspondido.

Volví la cabeza. Ella no debía hacer lo que hacía; ella no debía inflamar mi imaginación con estos transportes candorosos de alegría pura, ni despertar mi corazón del sueño en que lo arrulla a veces la indiferencia de la vida. ¿Y por qué no? Es que confía en mí, es que sabe de qué modo la amo.

15 de septiembre

En verdad, Wilhelm, que hay para darse al diablo cuando se ven personas tan desprovistas de razón y de sentimiento que desconocen lo poco que de valioso tiene este mundo. Tú recordarás aquellos nogales del presbiterio a cuya sombra me sentaba con Charlotte. ¡Cuánto me alegraba el corazón la vista de estos magníficos árboles y cuánto embellecían el patio! ¡Cuánta frescura había en su sombra y cuánta majestad en su follaje! Eran recuerdos vivos de los respetables párrocos que en un tiempo ya lejano, los habían plantado.

El maestro de escuela nos ha citado muchas veces el nombre de uno de ellos, nombre que había oído a su abuela, y parece que era una persona dignísima. Por eso, cuando me sentaba debajo de estos árboles, en este recuerdo había algo querido y sagrado para mí.

Ayer deplorábamos que los hayan cortado; el maestro de escuela lloraba.

¡Cortado! Tengo tal indignación, que sería capaz de matar al miserable que les dio el primer hachazo.

Si yo fuera dueño de dos árboles parecidos, sería suficiente ver a uno secarse de viejo para desesperarme. Juzga por esto lo que me afecta el sacrilegio cometido. ¿De qué sirve la conciencia a los hombres? Todo el pueblo murmura y la mujer del cura actual comprenderá la herida que ha abierto en los instintos de los buenos aldeanos, cuando recoja la manteca, los huevos y los demás tributos. Porque ella, esposa del nuevo párroco (el que conocí también falleció), es la autora; ella, criatura flacucha y enclenque, que hace muy bien en no interesarse por nadie en el mundo, porque nadie comete la sandez de preocuparse por ella; marisabidilla que se atreve a disertar sobre los cánones de la iglesia y a trabajar para la reforma crítico-moral del cristianismo, encogiéndose de hombros antes las ideas de Lavater; mujer, en fin, cuya salud débil no resiste la más inocente diversión. Sólo un bicho así hubiera podido cortar los nogales. ¿Entiendes?

Parece que las hojas que se caían, además de ensuciar el patio de esta señora, lo llenaban de humedad. Además, las ramas quitaban la luz y cuando maduraban las nueces, los niños se entretenían en tirarlas a pedradas, lo cual alborotaba los nervios de la pobre, robándole la tranquilidad en sus profundas meditaciones, cuando examinaba y comparaba las opiniones de Kennicott, Semler y Michaelis. Al avistar con la gente de la aldea, después de tan lindo descubrimiento, le pregunté, sobre todo a los ancianos, por qué lo habían permitido.

—¿Y qué quieres? —me respondieron—; cuando el alcalde manda una cosa, ¿quién puede oponerse?

Hay, sin embargo, en este negocio un lado cómico. El alcalde y el cura (porque éste pensaba sacar algún provecho del disparate cometido por su mujer, que a menudo le quema la sangre) pensaban repartirse el producto de los árboles cortados; pero el administrador de rentas lo supo y tiro el plan, haciendo valer antiguos derechos sobre el patio del presbiterio donde estaban los nogales, que fueron vendidos en subasta pública.

En resumen, ya no hay nogales... ¡Oh, si fuera príncipe! Diría a la mujer del cura, al alcalde y al administrador... ¡Príncipe! ¡Bah! Si yo fuera príncipe, ¿qué me importarían los árboles de mi país?

10 de octubre

Me es suficiente ver sus ojos negros para ser feliz. Lo que me apena es que Albert no parece tan feliz como él esperaba y como él mismo creía.

¡Ah! Si yo... No me gusta emplear reticencias; pero aquí no puedo expresarme en otra forma... y creo que me hago entender con completa claridad.

12 de octubre

Ossian ha desbancado a Homero en mi espíritu. ¡A qué mundo nos transportan los sublimes cantos de aquel poeta! ¡Vagar por los matorrales, aspirar el viento de tormenta, que columpia en las nubes las sombras de los antepasados a los pálidos rayos de luna; oír quejarse en la montaña la voz del torrente de la selva y el gemido sordo de los espíritus en sus cavernas y los lamentos de la joven agonizante al pie de cuatro piedras cubiertas de musgo, bajos la cuales descansa el héroe glorioso que fue su amante! ¡Oh!, cuando en aquel desierto contemplo el bardo encanecido por los años, que busca las huellas de sus padres y sólo halla sus sepulcros y sollozante voltea hacia la estrella de la tarde, medio escondida entre el oleaje de una mar intranquila; cuando veo que renace el pasado en el alma del héroe, como en los tiempos en que la misma estrella brillaba sobre los bravos guerreros o la luna contribuía con su propia luz al regreso de sus naves victoriosas; cuando leo en su frente su hondo pesar y le veo solo en el mundo andando trémulo hacia la tumba, saboreando una suprema y dolorosa alegría en la aparición de los fantasmas inmóviles de sus padres; cuando le oigo gritar, absorto en la tierra seca y la hierba doblada por el viento: «El viajero vendrá; vendrá quien me ha conocido en mi esplendor y preguntará por el hijo de Fingal. Y su pie hundirá en mi tumba mientras su voz llamará en vano...». Entonces, amigo mío, quisiera, como un leal escudero, sacar la espada y librar a mi príncipe de las penas de una vida que es una muerte lenta, hiriéndome después a mí mismo, para enviar mi ser en pos del alma del héroe liberado.

19 de octubre

¡Ay de mí! ¡Este vacío, horrible vacío que siente mi alma! Muchas veces me digo: «Si pudiera tan sólo un momento estrecharla contra mi pecho, todo este vacío quedaría cubierto».

26 de octubre

Sí, mi amigo; cada día estoy más convencido de que la vida de una criatura vale muy poco. Ayer fue Charlotte a ver a una amiga suya. Entré a una sala contigua y tomé un libro para distraerme; pero no tenía la cabeza tan despejada como para atender la lectura. Tomé la pluma para escribir. Oí que hablaban en voz baja. Hablaron de cosas irrelevantes, de las novedades que se daban en el pueblo, de que tal persona se había casado y otra había caído muy enferma.

—Tiene una tos seca —dijo la amiga—; las mejillas hundidas, la cara más larga. A veces, pierde el conocimiento. No daría yo mucho por su vida.

—M. N. —dijo Charlotte— está también muy echado a perder.

—Es verdad —repuso la otra—, tiene el cuerpo hinchado de un modo que preocupa.

Así hablaban con tranquilidad, mientras yo me transportaba con la imaginación al lado de éstos y veía con qué ansiedad sentían que se les iba la vida y cómo se aferraban a la esperanza más tenue. Después de todo, estas jóvenes hablaban del asunto como habla todo el mundo cuando se trata de la muerte de una persona ajena. Yo, mirando alrededor de mí, viendo colocados acá y allá los vestidos de Charlotte y los papeles de Albert sobre los muebles, que han llegado a serme conocidos, hasta el punto de notar el menor cambio; me decía a mí mismo: «Puede asegurarse que en esta casa eres todo para todos; tus amigos te honran, tú ayudas a su alegría, y parece que no podrían vivir los unos sin los otros. Sin embargo, si tú te alejaras de ellos, sentirían... ¿cuánto tiempo sentirían el vacío que tu pérdida daría a sus vidas? ¡Ah!, el hombre es tan versátil por naturaleza, que aun donde tenga seguridad de ser querido, aun ahí donde pueda dejar un recuerdo hondo de su vida o de su paso en la memoria y en el espíritu de los que quiere, aun ahí debe apagarse y desaparecer; y esto, ¡ay!, demasiado rápido».

27 de octubre

Es cosa de rasgarse el pecho y romperse la cabeza el considerar lo poco que valemos unos para otros. ¡Ay de mí! Nadie me dará el amor, la alegría, el placer de las felicidades que no siento dentro de mí. Y aunque yo tuviera el alma llena de las más dulces sensaciones, no sabría hacer feliz a quien en la suya no tuviera nada.

27 de octubre por la noche

¡Siento tantas cosas... y mi pasión por ella devora todo! ¡Tantas cosas! Y sin ella, todo se reduce a nada.

30 de octubre

Más de cien veces he estado cerca de arrojarme a su cuello. Sólo Dios sabe lo que me cuesta mirar y remirar tantos encantos, sin atreverme a extender mis brazos hacia ella. Apoderarse de lo que se ofrece a nuestra mirada y nos impresiona, ¿no es un instinto natural del hombre? ¿No echa mano el niño a todo cuanto le agrada? ¡Y yo!

3 de noviembre

Sólo Dios sabe cuántas veces he dormido con el deseo y la esperanza de no despertar. Y al siguiente día, abro los ojos, vuelvo a ver la luz solar y siento de nuevo el peso de la miseria.

¡Ah! Si yo fuera un caprichoso, podría descargar en el mal tiempo, en una tercera persona, en una empresa fracasada, la culpa de mi disgusto y el insoportable fondo de mi desolación sólo pasaría sobre mí a medias. Por desgracia, comprendo que la culpa es sólo mía. ¡La culpa!

No. Bastante es ya que lleve en mí la fuente de todos los dolores, como hace poco llevaba el manantial de todos los goces. ¿No soy siempre aquel que antes se deleitaba con los más puros goces de una exquisita sensibilidad, que a cada paso creía descubrir un paraíso, y cuyo corazón, abierto a un amor ilimitado, era capaz de abrazar al mundo entero? Este corazón está muerto ahora, cerrado a todas las sensaciones; mis ojos están secos y mis acerbos dolores, que no tienen salida, llenan de prematuras arrugas mi frente. ¡Cuánto sufro! He perdido ese don del cielo que, por sí solo, embellecía mi vida, esa fuerza vivificante que me hacía crear mundos alrededor de mí. Cuando desde mi ventana contemplo el horizonte y tras la cumbre de las colinas el sol disipa las brumas matinales y desliza sus primero rayos hasta el fondo de los valles, mientras el sosegado río corre mansamente hacía mí, serpenteando entre los viejos troncos de los sauces desnudos; este admirable cuadro, ahora inanimado y frío como una estampa de color; este espléndido espectáculo, que otras veces ha hecho desbordarse a mi corazón, no vierte ahora en él una sola gota de entusiasmo o conformidad. Ahí está el hombre inmóvil; árido, frente a su Dios, siendo un pozo vacío, una cisterna, cuyas piedras se han roto con la sequía.

Muchas veces me he arrodillado para pedir lágrimas al Señor, como el labrador implora la lluvia cuando ve sobre su cabeza un cielo rojo y a sus pies, la tierra que muere de sed. Pero, ¡ay!, Dios no concede la lluvia ni el sol a nuestros ruegos importunos. ¿Por qué aquel tiempo, cuyo recuerdo me mata, era para mí tan feliz? Porque entonces yo esperaba confiado que el cielo no me olvidaría y recogería las delicias con que me embriagaba, en un corazón lleno de reconocimiento.

8 de noviembre

Charlotte ha reprobado mis excesos... ¡Pero con qué tierno interés! ¡Mis excesos! Porque después de tomar un vaso de vino, sigo algunas veces bebiendo hasta terminar con una botella...

—No vuelvas a hacerlo —me dijo—; piensa en mí.

—¡Pensar! —exclamé—. ¿Qué necesidad tienes de recordármelo, pues piense o no, siempre estás presente en mi alma? Hoy me senté en el mismo lugar donde en otro momento bajaste del coche...

Cambió el tema para impedirme hablar del asunto. Amigo mío, aquí me tienes en un estado en que esta mujer hace de mí lo que quiere.

15 de noviembre

Te agradezco, Wilhelm, por el interés que manifiestas y por los buenos consejos que me das; pero te ruego que no te alarmes, que me dejes encarar la crisis. A pesar de mi abatimiento, me siento aún con fuerza para llegar al final. Respeto la religión, lo sabes bien: para el que desmaya, es un apoyo; para quien se siente devorado por la sed, es un bálsamo de vida. ¿Pero puede serlo para nosotros? ¿Para cuántos no lo ha sido y para cuántos no lo será nunca, la conozcan o no? Y a mí, ¿me salvará? ¿No ha dicho el mismo hijo de Dios que sólo estarán con él los que su padre decida? ¿Y si su padre quiere reservarme para sí, como presiente mi corazón?

No malinterpretes mis palabras, ni veas en una idea sencilla la menor intención de burla; te lo suplico. Te hablo con el corazón en la mano. De no ser así, mejor callaría, porque no me gusta perder el tiempo diciendo palabras vanas sobre materias que los demás entienden tan poco como yo.

¿Qué otro destino le cabe al hombre sino el de llenar todo el camino con sus dolores y apurar su cáliz por completo? Y como éste fue amargo al mismo Dios del cielo, cuando lo acercó a sus labios de hombre, ¿por qué he de fingir yo una fuerza sobrehumana, haciendo creer que me parece dulce y grato?

¿Por qué no he de confesar mi angustia en este momento en que mi ser tiembla y fluctúa entre ser y no ser; en que el pasado se muestra como un relámpago en el sombrío abismo del futuro; en que todo cuanto me rodea se desploma y el mundo parece acabarse al mismo tiempo que yo? ¿No reconoces la voz de la criatura extenuada, desfallecida, que se hunde sin remedio, sin importar la inútil lucha, gritando amargamente: «¡Dios mío! ¡Dios mío! ¿Por qué me has abandonado?». ¿Y debe avergonzarme esta exclamación y debo temer que llegue el momento en que se escape de mi boca, como se escapó de la de aquel que, hijo de los cielos, se envolvió en ellos como en un sudario?

21 de noviembre

Charlotte no ve ni sabe que prepara ella misma un veneno mortal para los dos y yo apuro con fuerza la copa fatal que me ofrece. ¿Qué significa el aire de bondad con que a menudo me mira? A menudo, ¡no!; algunas veces. ¿Por qué se muestra complacida al notar el efecto que su vista me provoca a pesar mío? ¿Qué causa reconoce la compasión que revela con los ojos?

Ayer, cuando me iba, me alargó la mano y dijo:

—Buenas noches, querido Werther.

¡Querido Werther! Es la primera vez que me llama así y hasta en lo más profundo de mi ser he sentido una dicha indecible. Más de cien veces he repetido estas palabras y por la noche, al ir a la cama, hablando a mí mismo, exclamé sin percatarme de ello: «¡Buenas noches, querido Werther!». No he podido sino reírme de mí.

22 de noviembre

Al dirigir mis ruegos a Dios, no puedo decir: «¡Consérvamela!». Y, sin embargo, hay momentos en que creo que es de mi posesión. Tampoco puedo decir: «¡Dámela!», porque es de otro. Así es como me agito sin cesar sobre mi lecho de dolor. Si me dejara llevar por el impulso, ensartaría una serie infinita de antítesis.

24 de noviembre

No desconoce Charlotte cuánto sufro. Su mirada ha llegado hoy hasta lo más hondo de mi corazón. La encontré sola; yo no despegaba mis labios y ella me miraba fijamente. Absorto ante aquella mirada sublime, llena de afectuoso interés y dulce piedad, no veía su seductora hermosura ni la aureola de inteligencia que ilumina su frente. ¿Por qué no me tiré a sus pies o la tomé entre mis brazos, cubriéndola de besos? Se sentó en el piano; a sus armoniosos acordes unió su dulce y cantarina voz. No he encontrado nunca más adorables sus labios; parecía que se entreabrían lánguidos para aspirar los dulces sonidos del instrumento y exhalarlos de nuevo, con la suavidad de su hálito. ¡Ah! ¡Si yo pudiera hacer que compartieras conmigo lo que sentí en ese momento! Incliné la cabeza desfallecido y me juré no atreverme nunca a imprimir un beso en su boca, en aquella boca donde revoloteaban los serafines del cielo. Y, sin embargo, yo quiero... No. Hay una barrera imposible de cruzar que la separa de mi alma. ¡Destruir esta pureza! Y después el castigo que sigue al pecado. ¿Pecado?

26 de noviembre

Suelo decirme a mí mismo: «Tu destino es único; comparados contigo, los demás hombres son felices; porque jamás un mortal se vio atormentado como tú». Entonces, leo cualquier poeta antiguo y me parece que es el libro mismo de mi alma. ¿Qué? ¿Aún me falta tanto por sufrir? ¿Y antes que yo ha habido ya hombres tan desdichados?

30 de noviembre

Nunca podrá tranquilizarse mi espíritu. En todas partes encuentro algo que me pone fuera de mí. Hoy mismo, ¡oh, destino! ¡Oh, pobre humanidad! Me había ido a pasear a la orilla del río, a la hora de comer, porque no tenía nada de hambre. No había nadie. Un viento frío y húmedo soplaba de la montaña; algunas nubes grises rodeaban el valle.

A lo lejos distinguí a un hombre mal vestido, que andaba agachado entre las rocas, como buscando algo. Me acerqué y volteó por el ruido de mis pasos. Tenía una interesante fisonomía, con cierta expresión de tristeza, que mostraba un corazón honrado. Sus negros cabellos estaban sujetos en dos rodetes por horquillas y los de atrás bajaban por la espalda, con lo que formaban una trenza ajustada. Ya que su traje mostraba que era un hombre del pueblo, creí que no se molestaría porque me interesara en él y le pregunté qué hacía.

—Busco flores y las hallo —contestó, después de suspirar profundamente.

—Ya lo creo —repliqué con una sonrisa—; ahora no es época de flores.

—Hay muchas —agregó, mientras se acercaba a mí—. En mi jardín tengo rosas y dos tipos de madreselvas. Una me la regaló mi padre; ésta crece con la misma rapidez que los hierbajos y, no obstante, hace dos días que busco una y no doy con ella. También aquí hay flores durante todo el año; las hay amarillas, azules, rojas... y hay centauras, que son unas flores pequeñas muy lindas. Pues en vano las busco; una sola no encuentro.

Yo notaba en sus palabras y en su tono un no sé qué feroz y con calma le pregunté para qué buscaba las flores. Una sonrisa extraña y compulsiva contrajo su aspecto.

—Si me prometes no traicionarme —dijo mientras se ponía un dedo en la boca—, te diré que he ofrecido un ramo a mi novia.

—¡Bien, muy bien! —le dije.

—¡Oh! Ella tiene muchas cosas buenas... es rica.

—Y, sin embargo, pone atención a tu ramo.

—Tiene diamantes... y una corona.

—¿Pues quién es? ¿Cuál es su nombre? —Sin responder, añadió—: Si el gobierno quisiera pagarme, sería otro hombre. Sí, hubo un tiempo en que estaba bien yo, pero hoy, hoy todo ha terminado. No soy ya sino...

Sus ojos, llenos de lágrimas, se fijaron en el cielo con viveza.

—¿Estás feliz entonces? —pregunté.

—¡Ah! Ojalá lo fuera ahora igual. Sí, vivía contento, feliz, ligero como pez en el agua.

—¡Heinrich! —exclamó en aquel instante una anciana que se acercaba—. ¿Dónde te metes? Te ando buscando por todas partes. Vamos, ven a comer.

—¿Es su hijo? —pregunté mientras avancé hacia ella.

—Sí, señor, es mi pobre hijo. Dios me ha dado una cruz muy pesada.

—¿Hace mucho tiempo que está así?

—A Dios gracias, hace ya seis meses que recobró la tranquilidad. Pero antes, todo un año, estuvo furioso y hubo que encerrarlo en una casa de locos. Ahora no hace mal a nadie; pero siempre sueña con reyes y emperadores. ¡Era tan bueno y cariñoso! Me ayudaba a vivir con el fruto de su trabajo, porque tenía una letra preciosa... De repente perdió la cordura; cayó enfermo de una fiebre tremenda y ahora... ya ve el estado en que está. Si el señor quiere que le cuente...

Interrumpí su comunicación para preguntarle a qué época se refería su hijo, cuando decía que había sido muy feliz.

—¡Ah, señor! El pobre alude al tiempo en que estaba completamente loco; al que paso en el hospital, cuando no tenía conciencia de sí. No deja de recordar esos días...

Estas palabras me hirieron como un rayo. Puse una moneda de plata en la mano de la anciana y me alejé a pasos apresurados.

¡Entonces eras feliz!, pensaba mientras caminaba rápido hacia el pueblo. ¡Entonces vivías ligero como el pez en el agua! Pero, Señor, ¿estará escrito en el destino del hombre que sólo pueda ser feliz antes de tener razón o después de perderla? ¡Pobre insensato! Envidio tu locura; envidio el laberinto mental en que te extravías. Sales lleno de esperanza a recolectar flores para tu amada, en medio del invierno y desesperas porque no las encuentras, sin comprender la causa de que no se hallen a tu paso... Pero yo... salgo sin esperanza, sin propósito, y vuelvo a entrar a casa igual. Tú sueñas con lo que serías si el gobierno te pagara; ¡feliz criatura que sólo en un obstáculo material hallas tu desgracia, que no sabes que en el extravío de tu mente, en el desorden de tu alma estriba tu daño, del que todos los reyes de la Tierra no podrían liberarte! ¡Muera sin sosiego el que ríe de los enfermos, que en su opinión agravan sus enfermedades y aceleran su final al ir lejos en busca de la salud en aguas maravillosas! ¡Muera sin sosiego el que insulta a la pobre criatura, cuya alma oprimida hace voto de visitar el santo sepulcro para librarse de sus remordimientos y calmar sus escrúpulos y desventuras! Cada paso que el peregrino da sobre la tierra, dura e inculta, por ásperos senderos que desgarran sus pies, es una gota de bálsamo echado sobre la herida de su alma y, después de la jornada diaria, se acuesta con el corazón aliviado de una parte del peso que le embarga. ¿Y se atreven a llamar a esto necia preocupación, ustedes, charlatanes infelices?

¡Preocupación! Dios mío, ni ves mis lágrimas. ¿Cómo, al crear al hombre tan pequeño, le das hermanos que hasta lo privan en sus amarguras, robándole la confianza que ha puesto en ti, en ti que nos profesas amor sin fronteras? Porque la fe en la virtud de una planta medicinal o en el agua que destila la vida después de cortada, ¿qué es sino fe en ti, que al lado del mal has puesto el remedio y el consuelo que tanto necesitamos?

¡Oh, padre, que desconozco! Padre, que otras veces has llenado todo mi corazón y que ahora te apartas de mí; llámame pronto a tu compañía.

No guardes silencio más tiempo, porque éste no detendrá la impaciencia de mi alma. Y si entre los hombres no podría enojarse un padre porque su hijo volviera a su lado antes de la hora marcada y se arrojara a sus brazos diciendo: «Aquí estoy de regreso, padre mío; no te incomodes porque haya interrumpido el viaje que me has encomendado terminar; el mundo es igual por todas partes; tras el dolor y el trabajo, la recompensa y el placer... Pero a mí, ¿qué me importa? Yo no estaré bien más que en tu presencia; en dónde tú estés quiero gozar y padecer...». Tú, padre celestial y piadoso, ¿podrás rechazarme?

1 de diciembre

¡Oh, Wilhelm! Ese hombre de que te he hablado, ese desdichado feliz, tenía un empleo en casa del padre de Charlotte y una desgraciada pasión que concibió por ella, ¡por ella!, pasión que ocultó mucho tiempo y que al fin descubrió, lo hizo perder el juicio. Éste ha sido el origen de su locura. Estas pocas palabras, llenas de sequedad, pueden hacer que entiendas lo que esta historia me habrá trastornado, cuando Albert me la contó con la frialdad con que quizá tú la leerás.

4 de diciembre

Te imploro piedad de mí, porque esto es hecho; ya no podré soportar más tiempo la situación. Hoy estaba sentado cerca de ella, que tocaba diferentes melodías en su clave, con un semblante... ¡Con un semblante! ¿Cómo podría describirla para ti? La más pequeña de sus hermanas jugaba con sus muñecas sobre mis rodillas. De pronto, se me salieron las lágrimas y bajé la cabeza; vi entonces en su dedo el anillo de boda y mi llanto fue más abundante. En aquel mismo instante comenzó a tocar la antigua melodía que tanta impresión me provocaba y mi corazón sintió una especie de consuelo, recordando el tiempo en que aquella música había herido mis oídos con placer; tiempo de felicidad en que las penas no abundaban; horas de esperanza que pronto huyeron. Me levanté y comencé a pasearme por la habitación sin orden. Me ahogaba.

—¡Basta —dije—; basta por Dios!

Charlotte se detuvo y me miró interrogante.

—Werther —dijo con una sonrisa que me traspasó el corazón—, muy malo debes estar cuando tu música predilecta te desgarra así. Retírate, te lo suplico, y trata de recuperar la calma.

Me separé de ella y... ¡Dios mío! Tú que ves mi sufrimiento, tú debes terminarlo.

6 de diciembre

Su imagen me persigue: que duerma o que vele, ella sola llena toda mi alma. Cuando cierro los ojos, en el cerebro, donde se halla la potencia de la vista, distingo con claridad sus ojos negros. No puedo explicarme esto. Me duermo y los veo también: siempre están ahí, fascinantes como el abismo. Todo mi ser, todo, no puede separarse de ellos.

¿Qué es el hombre, ese semidiós ensalzado? ¿No le falta la fuerza cuando más la necesita? Y cuando abre las alas en el cielo de los placeres, lo mismo que cuando se sumerge en la desesperación, ¿no se ve siempre detenido y condenado a convencerse de que es débil y pequeño, él, que esperaba perderse en el infinito?

Del editor al lector

¡Cuánto hubiera deseado tener, respecto a los últimos días de nuestro desdichado amigo, bastantes detalles escritos por su propia mano, para no tener la necesidad de intercalar relaciones en la continuación de las cartas que él nos dejó!

Me he esmerado en recopilar los más exactos pormenores con las personas que debían estar mejor informadas, los cuales todos resultan uniformes. Las narraciones coinciden hasta en las menores situaciones.

Sólo en la manera de juzgar los sentimientos de los personajes difieren un poco los puntos de vista. Sólo nos resta entonces hablar con fidelidad de lo que nuestras investigaciones nos han hecho conocer, sin omitir en ello las cartas o fragmentos de carta que dejó aquel que ya no está más con nosotros.

No se debe despreciar al menor documento auténtico, en consideración de lo difícil que resulta profundizar y conocer los verdaderos motivos, los móviles ocultos de una acción, por intrascendente que ésta sea, cuando proviene de un individuo que sale de la esfera común.

El desaliento y pesar habían echado raíces sólidas en Werther y poco a poco se habían apoderado de todo su ser. La armonía de sus facultades se había destruido en su totalidad. El ciego y febril arrebato que las trastornaba tuvo en él los más fuertes estragos y acabó por sumirle en un triste abatimiento, más difícil de tolerar que los males con que se había enfrentado hasta entonces.

Las angustias de su corazón agotaron las pocas fuerzas que le quedaban. Su viveza y sagacidad se apagaron. Cada vez se mostraba más sombrío e insociable, y conforme iba siendo más desgraciado se volvía más injusto. Así, al menos, lo constatan los amigos de Albert, quienes dicen que Werther no había valorado a aquel hombre de corazón recto que, gozando de una dicha deseada por mucho tiempo, sólo pensaba en afianzar su felicidad futura. ¿Cómo había de comprender semejante anhelo quien disipaba y entregaba al azar los tesoros de su alma, sin reservarse para lo sucesivo más que privación y sufrimiento?

Afirman también que Albert no había podido cambiar en tan poco tiempo y que era siempre el mismo hombre, tan ponderado y apreciado por Werther cuando se conocieron. Amaba a Charlotte sobre todas las cosas; estaba orgulloso de ella y deseaba verla admirada por cuantos se le acercaban como la más perfecta criatura. ¿Podía reprobársele por tratar de alejar de ella la sombra de una sospecha o porque rehusara ceder, ni aun en el más inocente trato, la posesión de tan preciado objeto? Confiesan, es cierto, que Albert abandonaba a menudo la habitación de su mujer cuando Werther se presentaba ahí; pero no era, según su dicho, ni por odio ni por indiferencia hacia su amigo, sino tan sólo porque había observado el pesar secreto que su presencia creaba en Werther.

Un día en que estaba enfermo el padre de Charlotte, y por su necesidad de guardar cama, mandó el coche en busca de su hija. Era una hermosa mañana de invierno. Las primeras nieves habían caído abundantes y el campo estaba cubierto de una alfombra blanca.

Werther emprendió el camino al día siguiente, para ir a reunirse con Charlotte y acompañarla a su casa, si Albert no iba por ella.

El aire fresco y puro de la mañana no cambió su ánimo. Un peso enorme oprimía su pecho; su espíritu estaba atormentado por las más tristes imágenes y el movimiento de sus ideas le hacía vagar por crueles reflexiones. Como vivía en un eterno hartazgo de sí mismo, la situación de los demás la creía tan violenta y agitada como la suya. Imaginaba haber dañado la armonía de Albert y Charlotte, y se dirigía con este motivo los más ocultos reproches, mezclados de sorda indignación contra el marido. Durante el camino sus pensamientos tomaron este sentido: «¡Ah! —se decía, apretando los dientes—; he ahí rota esa unión, tan íntima, tan cordial, tan auténtica. ¿Qué ha pasado con aquel tierno interés, con aquella confianza tranquila que se antojaba inalterable? Hoy es sólo hastío e indiferencia. El más pequeño asunto interesa a ese hombre más que su mujer. ¡Una mujer tan adorable! ¿Pero sabe él apreciarla? ¿Sospecha remotamente lo que vale? ¡Y ella le pertenece, es de su propiedad! ¡Oh!, lo sé de sobra. Debía haberme acostumbrado ya a esta idea y, no obstante, me desespera y acabará por darme muerte. Y la amistad que Albert me había prometido, ¿qué ha sido de ella? ¿No ve en mi apego a Charlotte un ataque a sus derechos, y en mis atenciones y cuidados, una censura de su falta de cuidado? Lo sé y lo siento: me ve con disgusto; quisiera me fuera muy lejos de aquí. Mi presencia es un peso para él».

Hablando así, tan pronto aceleraba su paso como lo detenía. Algunas veces parecía querer volverse atrás, pero continuaba, sumido siempre en sombrías reflexiones que sólo se adivinaban por algunas palabras entrecortadas que salían de su boca. Así llegó a la casa sin notarlo.

Entró preguntando por el anciano y por Charlotte y encontró a toda la gente en conmoción. El mayor de los hermanos de Charlotte le informó que había sido una desgracia en Wahlheim: que un aldeano había sido asesinado. Esta noticia no hizo mella en él y se dirigió a la sala contigua, donde encontró a Charlotte esforzándose por retener a su padre que, enfermo y todo, quería marchar de inmediato al lugar del crimen, para instruir las primeras diligencias sobre aquel suceso, cuyo autor era una interrogante. Se había encontrado el cadáver muy temprano por la mañana, frente a la puerta de un cortijo y ya se sospechaba de alguien. La víctima había estado al servicio de una viuda, que poco antes había despedido a otro criado por un fuerte disgusto.

Cuando Werther supo esta información, se levantó de repente y exclamó:

—¿Es posible? Debo ir sin perder un instante.

Se dirigió a Wahlheim, convencido, después de reunir todos sus recuerdos, de que el autor del asesinato era aquel joven a quien había hablado tantas veces y que le había producido gran simpatía. Como era indispensable pasar por los tilos para llegar hasta la cantina donde habían depositado el cadáver, no pudo menos que experimentar cierta turbación al ver aquellos lugares que en otra época había querido tanto.

El umbral de la puerta donde los chicos iban con frecuencia estaba ensangrentado. Así el amor y la fidelidad, los más hermosos sentimientos humanos, habían degenerado en violencia y crimen. Los corpulentos árboles, sin follaje, se habían cubierto de escarcha; el seto vivo que rodeaba las tapias del cementerio había perdido su hermoso verde y dejaba ver, por los anchos agujeros, las piedras de los sepulcros llenas de nieve.

Al aparecer Werther en el lugar al que había acudido todo el pueblo, se dejó oír un grave murmullo.

A lo lejos se divisaba un pelotón de hombres armados y todos comprendieron que traían al asesino.

No bien dirigió Werther una mirada sobre el preso, se disiparon las dudas.

Sí, era él; aquel criado tan enamorado de su ama, a quien pocos días antes había visto víctima de una melancolía y luchando contra una secreta desesperación.

—¿Qué has hecho, desdichado? —le preguntó al acercarse.

El preso lo miró sin abrir la boca; luego dijo con frialdad:

—Ella no será de nadie, ni nadie será de ella.

Llevaron al asesino ante la presencia de su víctima y Werther se alejó precipitado. La extraña y violenta emoción que acababa de experimentar había confundido su mente: se sintió arrancado de su melancólica apatía por el irresistible interés que le despertaba aquel joven y por un deseo de salvarlo. Comprendía tan bien la desesperación que le había orillado al crimen; le encontraba tantas excusas y comprendía con tal profundidad la situación de aquel desafortunado, que se creía capaz de participar sus sentimientos a todo el mundo.

Ardía ya en deseos de defender a gritos al acusado; el discurso más elocuente pugnaba ya por brotar de sus labios. Corrió a casa del padre de Charlotte, ordenando mentalmente los apasionados argumentos con que había de inclinar su ánimo a favor del prisionero.

Al entrar en el salón halló a Albert, cuya presencia lo desconcertó por un momento, pero pronto se recuperó y manifestó al anciano su opinión sobre el trágico evento, con la convicción y calor que lo animaban.

El administrador movió varias veces la cabeza mientras hablaba; y aunque Werther empleó toda la energía, todo el arte de persuasión que se puede usar en defensa de un semejante, el magistrado, como era de esperarse, no dio signos de sensibilidad ni vacilación. Sin dejar terminar a nuestro amigo, rechazó brioso sus argumentos y le censuró por defender a un criminal con tanta decisión. Le demostró que con tal sistema, todas las leyes quedaban anuladas y la seguridad pública se vería comprometida en forma consistente. Añadió que en un asunto tan grave, no podía interceder sin incurrir en una responsabilidad enorme, y que era necesario que el proceso siguiera conforme a lo habitual.

Werther, sin embargo, no perdió el ánimo y suplicó al administrador que aceptara no poner atención a la evasión del prisionero; pero también en esto el magistrado no mostró flexibilidad alguna.

Albert, que hasta entonces no había emitido juicio alguno, se incorporó a la discusión para apoyar al anciano. Werther, en vista de ello, guardó silencio y se alejó con el corazón traspasado de amargura, mientras el administrador repetía:

—No, no; nada puede salvarlo.

No es difícil calcular la impresión que estas palabras tuvieron en el ánimo de Werther, conociendo algunas frases que escritas sin duda ese mismo día, hemos encontrado entre sus pertenencias: «¡No es posible salvarte, desgraciado! Yo bien veo que nada puede salvarnos».

Lo que Albert había dicho sobre el criminal ante el administrador causó a Werther una extrañeza mayor. Creyó descubrir en sus palabras una alusión a él y a sus sentimientos, y por más que algunas serias reflexiones le hicieron entender que aquellos tres hombres podían estar en lo correcto, se resistía a abandonar su intención y sus ideas, como si abandonarlas fuera renunciar a su propia y más íntima vida.

Entre sus papeles hemos hallado otra nota que habla de esta situación y que expresa quizá sus verdaderos sentimientos hacia Albert: «¿De qué sirve decirme y repetirme: es bueno y honrado? ¡Ah! Cuando así me desgarra el corazón, ¿puedo ser justo?».

La tarde era apacible y el tiempo ayudaba al deshielo. Charlotte y Albert regresaron a pie. De vez en cuando volteaba ella la cabeza, como extrañando la compañía de Werther. Albert dirigió la conversación a su amigo y le reprobó, haciéndole justicia. Habló de su desgraciada pasión y dijo que deseaba, si se pudiera, alejarlo por su propio bien.

—Lo deseo también por nosotros —agregó—; y te ruego, Charlotte, que procures dar otra dirección a sus ideas y a sus relaciones contigo, diciéndole que limite sus visitas. La gente empieza ya a ocuparse de esto y yo sé que se ha hablado del tema varias veces.

Charlotte guardó silencio y Albert creyó entender el motivo de esta reserva. Desde ese momento no habló más de Werther: si ella, por casualidad o con intención, pronunciaba su nombre, él cambiaba o interrumpía la conversación. La vana tentativa de Werther para salvar al infeliz aldeano, fue como el último resplandor de una llama agonizante.

Cayó en un abatimiento más y más profundo y una desesperación mansa se apoderó de él cuando supo que tal vez lo llamarían para testificar en contra del asesino, que intentaba defenderse al negar su participación en el asesinato. Todo lo que había sufrido hasta entonces durante su vida activa, sus disgustos en la embajada, sus proyectos fallidos, todo lo que le había herido o contrariado, acudía a su memoria y le agitaba en forma terrible.

Creyéndose condenado a la inacción por tan consistentes contrariedades, todo lo veía cerrado a su paso y sentía incapacidad de soportar la vida. Así es que, encerrado para siempre en sí mismo, consagrado a la idea fija de una sola pasión, perdido en un laberinto sin salida por sus relaciones diarias con la mujer adorada cuyo descanso trastornaba, agotando inútilmente sus fuerzas y debilitándose sin esperanza, se iba acercando cada vez a su triste final.

Colocaremos aquí algunas cartas que dejó y que dan una idea precisa de su confusión, de su delirio, de sus crueles angustias, de sus luchas supremas y del desprecio que sentía por la vida.

12 de diciembre

Querido Wilhelm: me encuentro en un estado que debe asemejarse al de los desgraciados que en la antigüedad se creían poseídos del espíritu maligno. No es el pesar; no es tampoco un deseo vehemente, sino una rabia sorda y sin nombre que me desgarra el pecho, me hace un nudo en la garganta y me sofoca. Sufro, me gustaría escapar de mí y paso las noches vagando por los parajes desiertos y sombríos en que abunda esta estación enemiga.

Anoche salí. Sobrevino de repente el deshielo y supe que el río había salido de madre, que todos los arroyos de Wahlheim corrían desbordados y que la inundación era completa en mi valle. Me dirigí a él cuando llegaba la medianoche y presencié un espectáculo aterrador.

Desde la cima de una roca, con la claridad de la luna, vi revolverse los torrentes por los campos, por las praderas y entre los vallados, devorando y sumergiendo todo; vi desvanecerse el valle; vi en su lugar un mar rugiente y espumoso, azotado por el soplo de los huracanes.

Después, profundas tinieblas; más tarde, la luna, que aparecía de nuevo para arrojar una siniestra claridad sobre aquel imponente cuadro. Las olas rodaban estrepitosas... se estrellaban a mis pies con gran fuerza. Un extraño temblor y una tentación inexplicable se apoderaron de mí. Me hallaba con los brazos estirados hacia el abismo, acariciando la idea de lanzarme a él.

Sí, lanzarme y sepultar conmigo los dolores y sufrimientos. ¡Pero ay!, ¡qué desgraciado! No tuve fuerza para terminar de una vez por todas con mi pesar; mi hora no ha llegado aún, lo sé. ¡Ah, Wilhelm! ¡Con qué gozo hubiera dado esta pobre vida para confundirme con el huracán, rasgar con él los mares y agitar sus olas! ¡Ah!, ¿no alcanzaremos nunca esta dicha los que nos consumimos en nuestra prisión? ¡Qué tristeza se apoderó de mí cuando mis ojos pasaron por el sitio donde había descansado con Charlotte, bajo un sauce, después de un largo paseo! También había llegado ahí la inundación y a duras penas pude distinguir la copa del sauce.

Pensé entonces en la casa de Charlotte, en sus jardines... El torrente debía haber arrancado también nuestros pabellones y destruido todos nuestros lechos de pasto. Un luminoso rayo del pasado brilló frente a mi alma, como brilla en los sueños de un cautivo una ola de luz que le crea praderas, ganados o grandezas de la vida. Yo estaba ahí, parado... ¡ah!, ¿es que no tengo valor para morir? Yo debía... Y sin embargo, aquí estoy como una pobre vieja que recoge del suelo sus andrajos y va, de puerta en puerta, pidiendo pan para sostener y prolongar un instante más su vida de miseria.

14 de diciembre

¿Qué es esto, mi amigo? Estoy asustado de mí. El amor que ella me inspira, ¿no es el más puro, el más santo y el más fraternal de los amores? ¿He cobijado en lo más hondo de mi alma un deseo culpable?

¡Ah! No me atrevería a asegurarlo. ¡Cuánta razón tienen quienes dicen que somos juguetes de fuerzas misteriosas y contrarias!

Anoche, temo decirlo, la tenía entre mis brazos, fuertemente estrechada contra mi corazón; sus labios expresaban palabras de cariño, interrumpidas por un millón de besos, y mis ojos se embriagaban con la dicha que brotaba de los suyos. ¿Soy culpable, Dios mío, por recordar tan dichoso y por desear soñar lo mismo? ¡Charlotte! ¡Charlotte! Hace una semana que mis sentidos se han trastornado; ya no tengo fuerzas ni para pensar; mis ojos se llenan de lágrimas. No estoy bien en ningún lugar y, no obstante, estoy en todas partes. No espero nada, nada deseo. ¿No sería mejor que partiera?

La decisión de abandonar este mundo había ido tomando fuerza en la mente de Werther. Desde su regreso al lado de Charlotte, había contemplado la muerte como el fin de sus males y como una opción extrema a la cual recurrir. Se había propuesto, sin embargo, no acudir a ella con brusquedad y violencia. No quería dar este último paso más que con toda calma y animado por un total convencimiento. Sus incertidumbres, sus luchas se reflejan en algunas líneas que aparentan ser el principio de una carta a su amigo. El papel no está fechado:

> «Su presencia..., su situación..., el interés que mi suerte le despierta, arrancan las últimas lágrimas de mi cerebro petrificado. Levantar el velo y seguir adelante; es todo... ¿Por qué tener miedo?, ¿por qué dudar? ¿Tal vez porque no se conozca lo que hay más allá, porque no se regresa o más bien porque es propio de nuestra naturaleza suponer que todo es confusión y oscuridad en lo desconocido?».

Cada vez se habituaba más a estos funestos pensamientos, que llegaron a ser familiares al extremo. Su proyecto fue al fin determinado de forma irrevocable. La prueba se halla en la siguiente carta, de doble sentido, que dirigió a su amigo.

20 de diciembre

Agradezco, querido Wilhelm, que tu amistad haya entendido tan bien lo que yo quería decir. Tienes razón; lo mejor que puedo hacer es irme.

Pero la invitación que me haces para que regrese a tu lado no corresponde mucho a mi pensamiento. Antes haré una breve excursión a la que convidan el frío continuado que es de esperar y los caminos que estarán en buen estado. Tu deseo de venir a verme me agrada mucho; pero te ruego que me concedas un plazo de quince días y que esperes a recibir otra carta en la que te participe mis últimas noticias.

Di a mi madre que pida a Dios por su hijo; dile también que le ofrezco disculpas por todos las angustias a las que la he sometido. Sin duda era mi destino apesadumbrar a las personas a quienes hubiera querido hacer felices. Adiós, mi queridísimo amigo; el cielo ponga en ti sus bendiciones. Adiós.

No intentamos revelar ahora lo que pasaba en el corazón de Charlotte y los sentimientos que en él producían su esposo y su desdichado amigo, por más que el conocimiento que tenemos de su carácter nos permita formar una idea cercana. Es seguro por lo menos que estaba decidida a hacer todo lo posible por alejar a Werther y si algo la hacía dudar, era sólo cierta consideración compasiva dictada por la amistad, sabiendo lo caro que le sería al desgraciado joven esta separación, pues un esfuerzo semejante era superior a su fuerza. No obstante, las circunstancias se hacían cada vez más críticas y aquella necesidad, más urgente. Su marido guardaba el más hondo silencio sobre el asunto, así como lo había guardado siempre ella misma, que sólo deseaba probar sinceramente con sus actos cuán dignos de los suyos eran sus sentimientos.

El mismo día que Werther escribió a su amigo la carta que recién copiamos, el domingo antes de Navidad, fue por la tarde a casa de Charlotte y la encontró sola, arreglando los juguetes para sus hermanos y hermanas.

Habló de la alegría que tendrían los niños y de los tiempos en que la aparición de una mesa cargada de manzanas y turrones eran también para ella las delicias del paraíso.

—Pues bien —le dijo Charlotte, ocultando su ofuscación con una cordial sonrisa—, también tendrías regalos de Navidad si tuvieras juicio: una barra de turrón y algún otro detalle.

—¿Y qué entiende por tener juicio? —exclamó Werther—. ¿Cómo debo ser juicioso? ¿Cómo puedo serlo, querida Charlotte?

—El jueves por la noche —repuso ella— es Nochebuena; vendrán los niños, mi padre los acompañará y todos recibirán su regalito. Ven tú también, pero no antes.

Werther se sentía cohibido.

—Te lo ruego —agregó—; es necesario... porque esto no puede continuar así.

Al oír estas palabras, Werther apartó su vista de Charlotte, se puso a caminar a grandes pasos por el cuarto, repitiendo entre dientes: «Esto no puede seguir».

Percibiendo Charlotte el estado de agitación que le habían causado sus palabras, trató de calmarlo y distraerle con algunas preguntas y diferentes temas de charla; nada dio resultado.

—No, Charlotte; ya no volveré a verte.

—¿Y por qué no, Werther? Puedes y debes visitarnos si te moderas. ¿Por qué tienes ese carácter tan ardiente, esa pasión indomable que fuego devorador abrasa todo a su paso? Por Dios te suplico que te controles.

¡Qué de distracciones y de goces ofrecen tu talento, conocimientos e imaginación! ¡Sé un hombre! Aléjate de ese cariño fatal, de esa pasión por una criatura que no puede más que compadecerte.

Werther rechinó los dientes y la miró con un aire sombrío. Charlotte sostenía en las manos la de su amigo.

—Ten calma —le dijo—. ¿No ves que corres por voluntad a tu perdición? ¿Por qué he de ser yo, justo yo, que soy de otro? ¡Ah! Temo que la imposibilidad de obtener mi amor sea lo que exalte tu pasión.

Werther quitó la mano y miró a Charlotte disgustado.

—Está bien —dijo—; esa sabia observación la ha originado Albert, sin duda. Es política, ¡muy política!

—Cualquiera puede hacerla —dijo ella—. ¿No habrá en todo el mundo una joven capaz de llenar los deseos de tu corazón? Búscala; te garantizo que la encontrarás. Hace mucho tiempo que deploro, por ti y por nosotros, el aislamiento al que te has condenado. Vamos, haz un esfuerzo; un viaje puede distraerte; si buscas bien, encontrarás una mujer digna de tu cariño y entonces podrás regresar para que disfrutemos todos esa tranquila felicidad que da la amistad sincera.

—Podrían imprimirse tus palabras —repuso Werther con una sonrisa amarga— y recomendarlas a todos los que se dedican a la enseñanza.

¡Ah, querida Charlotte!, dame un plazo corto y todo estará bien.

—Concedido; pero no vuelvas hasta la víspera de Navidad.

Werther iba contestar cuando llegó Albert. Se saludaron con tono seco y ambos se pusieron a caminar, uno al lado del otro, con una carga evidente. Werther habló de cosas sin importancia que dejaba a medias; Albert, después de hacer lo propio, preguntó a su mujer por algunos encargos que le había dado.

Al saber que no los había terminado, le dijo algunas cosas que parecieron a Werther no sólo frías, sino duras. Éste quiso marcharse y le faltaron fuerzas. Permaneció ahí hasta las ocho, su mal humor creció; cuando vio que colocaban la mesa, tomó su bastón y su sombrero. Albert le invitó a quedarse; pero consideró él la invitación como un acto de cortesía forzada y se retiró, no sin antes agradecer con frialdad. Cuando llegó a su casa, tomó el quinqué de manos de su sirviente, que quería alumbrarle, y subió solo a su cuarto. Una vez ahí, se puso a recorrerla con pasos grandes, sollozando y hablando solo pero en voz alta y con ardor; acabó por arrojarse vestido sobre la cama, donde el criado le encontró tendido a las once, cuando fue a preguntar si quería que le quitara las botas. Werther aceptó y le prohibió que entrara a su habitación al día siguientes antes de que le llamará.

El lunes por la mañana, veintiuno de diciembre, escribió a Charlotte la siguiente carta, que se encontró cerrada sobre su mesa y fue entregada a su amada. La incluimos aquí por fragmentos, como parece que la escribió:

> «Está decidido, Charlotte: quiero morir y te lo informo sin ninguna intención romántica, con la cabeza tranquila, el mismo día en que te veré por última vez. Cuando leas estas líneas, amada Charlotte, yacerán en la tumba los despojos del desdichado que en los últimos momentos de su vida, no encuentra placer más dulce que el de hablar contigo en la mente. He pasado una noche terrible; con todo, ha sido benéfica, porque me ha ayudado a resolverme. ¡Quiero morir!»

> «Al separarnos ayer, un frío inexplicable se apoderó de todo mi ser; volvía la sangre a mi corazón y respirando con angustiosa dificultad pensaba en mi vida, que se consume cerca de ti, sin alegría, sin esperanza. ¡Ah!, estaba helado de miedo. Apenas pude llegar a mi alcoba, donde caí arrodillado, loco por completo. ¡Oh, Dios mío! Tú me concediste por última vez el consuelo del llanto. ¡Pero qué lágrimas tan amargas! Mil ideas, mil proyectos agitaron mi espíritu, fundiéndose, al fin, todos en uno solo; pero firme, inquebrantable: ¡morir! Con esta decisión me acosté; con esta resolución, firme y terminante como ayer, he despertado: ¡quiero morir! No es desesperación, es convicción, mi carrera está terminada y me sacrifico

por ti. Sí, Charlotte, ¿por qué te lo debería ocultar? Es necesario que uno de los tres muera y deseo ser yo. ¡Oh, vida de mi vida! Más de una vez en mi alma desgarrada se ha introducido un horrible pensamiento: matar a tu esposo... a ti... a mí. Debo ser yo; así será».

«Cuando al anochecer de un día hermoso de verano, subas a la montaña, piensa en mí y recuerda que he recorrido el valle muchas veces; mira después hacia el cementerio y a los últimos rayos del sol poniente, ve cómo el viento azota la hierba de mi tumba. Estaba tranquilo al comenzar esta misiva y ahora lloro como niño. ¡Tanto martirizan estas ideas a mi pobre corazón!»

Werther llamó a su criado cerca de las diez; mientras lo vestía le dijo que iba a hacer un viaje de algunos días y que debía por lo tanto arreglar la ropa y preparar maletas; también le ordenó arreglar las cuentas, recoger muchos libros prestados y dar a algunos pobres, a quienes socorría una vez a la semana, la donación de dos meses adelantados.

Pidió el almuerzo en su habitación y después de comer, se enfiló a casa del administrador, a quien no halló. Paseó por el jardín pensativo, lo que parecía indicar el deseo de fundir en una sola todas las ideas capaces de enardecer sus amarguras. Los niños no lo dejaron solo mucho tiempo: salieron en su busca saltando de gusto y le dijeron que los días siguientes Charlotte les daría los regalos de Navidad; al respecto le dijeron todas las maravillas que la imaginación les ofrecía.

«¡Mañana! —dijo Werther—, ¡y pasado mañana..., y el día siguiente!».

Los abrazó con cariño y se disponía a alejarse cuando el más pequeño mostró querer susurrarle algo. El secreto se redujo a informarle que sus hermanos mayores habían escrito felicitaciones para año nuevo: una para el papá, otra para Albert y Charlotte, y otra para el señor Werther.

Todas las entregarían por la mañana temprano el 1 de enero. Estas palabras lo llenaron de ternura; hizo algunos regalos a todos y después de encargarles que dieran recuerdos a su padre, montó su caballo y se marchó con lágrimas en los ojos.

A las cinco regresó a casa; recomendó a la criada que cuidara el fuego de la chimenea hasta la noche y pidió al sirviente que empacara los libros y la ropa blanca, y metiera los trajes en la maleta. Puede pensarse que después de esto fue cuando escribió el siguiente fragmento de su última carta a Charlotte:

> «Tú no esperas; crees que voy a obedecerte y a no volver a tu casa hasta Nochebuena. ¡Oh, Charlotte! Hoy o nunca. En la víspera de Navidad tendrás este papel en tus temblorosas manos y lo humedecerás con tu precioso llanto. Lo quiero, es necesario. ¡Oh, qué contento estoy con mi decisión!».

Mientras tanto, Charlotte estaba de un ánimo muy extraño. En su última entrevista con Werther había entendido lo difícil que sería instarlo a alejarse y había adivinado mejor que nunca los tormentos que él sufriría lejos de ella.

Después de informar a su marido, accidentalmente, que Werther no volvería hasta la Nochebuena, Albert se fue a ver a un funcionario de un distrito colindante para tratar un asunto que debía tomarle hasta el siguiente día.

Charlotte estaba sola; ninguna de sus hermanas la acompañaba.

Tomando ventaja de esta circunstancia, se perdió en sus ideas y dejó vagar su espíritu entre los afectos de su pasado y su presente.

Se miraba unida para siempre a un hombre cuyo amor y lealtad conocía bien y por el que sentía un gran cariño; a un hombre que por su carácter, tan íntegro como apacible, parecía formado para garantizar la felicidad de una mujer honrada. Entendía lo que este hombre era y debía ser siempre para ella y para su familia.

Por otro lado, había simpatizado tanto con Werther desde el momento de conocerlo y llegó a quererlo tanto; era tan auténtico el afecto que los unía y había creado tal intimidad el largo trato que hubo entre ellos, que el corazón de Charlotte conservaba de ello impresiones imborrables. Se había habituado a contarle todo lo que sucedía, todo lo que sentía.

Su partida por lo tanto produciría en la vida de Charlotte un vacío que nada llenaría. ¡Ah! Si ella hubiera podido hacerle su hermano, ¡qué feliz hubiera sido! ¡Si hubiera podido casarlo con una de sus amigas! ¡Si hubiera podido restablecer la buena inteligencia que antes hubo entre Albert y él! Revisó en la mente a todas sus amigas y en todas hallaba defectos... ninguna le pareció digna del amor de Werther. Después de mucha reflexión, concluyó por sentir confusamente, sin atreverse a confesárselo, que el secreto deseo de su corazón era reservárselo para ella, por más que se decía que ni podía ni debía hacerlo. Su alma, tan pura y hermosa, y hasta ese momento tan inaccesible a la tristeza, recibió en aquel momento una herida cruel. Sintió su corazón saltar y una nube negra dilatarse ante ella.

A las seis y media oyó a Werther, que subía la escalera y preguntaba por ella.

En el acto reconoció sus pasos y su voz, y su corazón latió con viveza por primera vez, podemos decir, al acercarse el joven. De buena gana hubiera ordenado que le dijeran que no estaba en casa, y cuando lo vio entrar no pudo menos que exclamar, con visible carga y muy emocionada.

—¡Ah! Has faltado a tu palabra.

—Yo no hice promesa alguna —respondió.

—Pero debiste cuando menos escuchar mis ruegos, en consideración a que fueron para bien de los dos.

No se daba cuenta de lo que hacía ni de lo que decía, y envió por dos amigas suyas para no encontrarse sola con Werther. Éste dejo algunos libros que se había llevado y pidió otros. Charlotte esperaba con ansia la llegada de sus amigas; pero un instante después deseaba lo contrario.

Volvió la sirvienta y dijo que ninguna de las dos podía acudir. Entonces se le ocurrió ordenar a la criada que se quedará en el cuarto contiguo, en su quehacer; pero de inmediato cambió de idea.

Werther caminaba por la sala visiblemente agitado. Charlotte se sentó al clave y quiso tocar un minué; sus dedos se resistían a cooperar.

Abandonó el clave y fue a sentarse al lado de Werther, que ocupaba en el sofá el sitio habitual.

—¿No traes nada que leer? —preguntó ella.

—Nada —le contestó Werther.

—Ahí, en mi cómoda, tengo la traducción que hiciste de unos cuentos de Ossian. Aún no la he visto, pues esperaba que me la leyeras; pero hasta ahora no se había dado la oportunidad.

Werther sonrió y fue por el manuscrito. Al tomarlo un estremecimiento involuntario lo abordó; al hojearlo se le llenaron los ojos de lágrimas.

Luego, con esfuerzo, leyó lo siguiente:

«¡Estrella del crepúsculo que brillas soberbia en occidente, que asomas tu radiante faz entre las nubes y paseas majestuosa sobre la colina! ¿Qué miras a través del follaje? Los indómitos vientos se han apaciguado; se oye a lo lejos el ruido del torrente; las espumosas olas se rompen al pie de las rocas y el confuso rumor de los insectos nocturnos se cierne en los aires. ¿Qué miras, luz hermosa? Sonríes y sigues tu camino. Las ondas se elevan con gozo hasta ti, bañando tu brillante cabello. ¡Adiós, rayo de luz, dulce y tranquilo! ¡Y tú, sublime luz del alma de Ossian, brilla, aparece ante mis ojos!».

«Vela; ahí asoma todo su esplendor. Ya distingo a mis amigos muertos; se reúnen en Lora como en mejores días... Fingal avanza como una húmeda bruma; a su alrededor están sus valientes. Ve los dulcísimos bardos: Ulino, con su cabellos gris; el majestuoso Ryno; Alpino, el celestial cantor; y tú, quejumbrosa Minona. ¡Cuánto han cambiado, amigos, desde las fiestas de Selma, donde nos peleábamos el honor de cantar, como los céfiros de primavera columpia, unos tras otros, las lozanas hierbas de la montaña!».

«Se adelantó Minona con toda su belleza, con la vista baja y los ojos con lágrimas. Flotaba su cabellera con el viento de la colina. El alma de los héroes entristeció al escuchar su dulce canto, porque habían visto en múltiples veces la tumba de Salgar, y muchas también la agreste morada de la blanca Colma... de Colma, abandonada en la montaña sin más compañía que el eco de su cantarina voz. Salgar había prometido asistir; pero antes de llegar la noche envolvió en la oscuridad a Colma. Escuchen su voz; oigan lo que cantaba al vagar por la montaña».

«COLMA: Es de noche, estoy sola, pérdida en las tempestuosas cimas de los montes. El viento sopla en la montaña. El torrente se precipita con estruendo desde lo alto de las rocas. No tengo ni una cabaña para defenderme de la lluvia y estoy a la merced de estos peñascos bañados por la tormenta. Rompe, ¡oh, luna!, tu prisión de nubes. ¡Surjan, luceros nocturnos! Que un rayo de luz me lleve al sitio donde el dueño de mi amor descansa de las fatigas de la casa, con el arco a sus pies, con los perros jadeando a su alrededor. ¿Es necesario que permanezca aquí, sola y sentada sobre la roca, encima de la cóncava cascada? Rugen el torrente y el huracán, pero, ¡ay!, no llega a mis oídos la voz del amado».

«¿Por qué demora tanto mi Salgar? ¿Habrá olvidado su palabra? Éstos son la roca y el árbol; éstas, las espumosas hondas. Tú me ofreciste venir al anochecer... ¡Ah! ¿Dónde estás, mi Salgar? Yo quería escapar contigo; quería abandonar por ti a mi orgulloso padre y a mi orgulloso hermano. Hace mucho tiempo que son enemigos nuestras familias; pero nosotros no somos enemigos, Salgar».

«¡Cálmate por un momento, huracán! ¡Enmudece por un momento, potente catarata! Deja que mi voz resuene por todo el valle y que la escuche mi viajero. Salgar, yo soy quien llama. Aquí está el árbol y la roca. Salgar, dueño de mí, aquí me tienes; ven... ¿por qué tardas?».

«La luna sale; las olas, en el valle, reflejan sus rayos; las rocas se esclarecen, las cumbres se alumbran; pero no veo a mi amado. Sus perros, que siempre se le adelantan, no me anuncian su llegada. ¡Ah! Salgar, ¿por qué me dejas sola?».

«¿Pero quiénes son aquellos que se divisan abajo entre los arbustos? ¿Mi amado? ¿Mi hermano? Hablen, amigos míos... ¡Ah!, no responden... ¡Qué ansiedad la de mi alma! ¡Están muertos! Sus cuchillas están enrojecidas con la sangre del combate. ¡Oh, hermano, hermano mío! ¿Por qué has matado a mi Salgar? Y tú, mi querido Salgar, ¿por qué has matado a mi hermano? ¡Los quería tanto a ambos! ¡Estabas tú tan bello entre mil guerreros de la montaña! ¡Y él era tan bravo en la pelea! Escuchen mi voz y respondan, mis amados. ¡Pero ay de mí!, están mudos, mudos para siempre. Sus corazones están helados como la tierra».

«¡Oh! Desde las altas rocas, desde las cumbres en que se forman las tempestades, háblenme, espíritus de los muertos. Yo les atenderé sin miedo. ¿Adónde han ido a descansar? ¿En qué gruta del monte podré hallarles? Ninguna voz suspira en el viento; ningún gemido solloza entre la tempestad. Aquí, abismada en mi dolor, anegada en llanto, espero el nuevo día. Caven su sepulcro, amigos de los muertos; pero no lo cierren hasta que yo baje».

«Mi vida se desvanece como un sueño. ¿Puedo vivir sin ustedes? Aquí, cerca del torrente que salta entre peñascos, donde quiero permanecer con ellos. Cuando la noche caiga sobre la montaña y sople el viento en el páramo, mi espíritu se lanzará al espacio y lamentará la muerte de mis amigos. El cazador oirá desde su cabaña de follaje; mi voz le dará miedo y a pesar de ello, me amará, porque será dulce mientras llore por ellos. ¡Los quería tanto! Así cantabas, ¡oh, Minona, bella y pálida hija de Torman! Nuestro llanto corre por Colma y nuestra alma se oscurece como la noche».

«Ulino apareció con el arpa y nos hizo oír el cantar de Alpino. Alpino fue un cantor melodioso y el alma de Ryno era un rayo de lumbre. Pero uno y otro yacían en la estrecha mansión de los muertos y sus voces no llegaban a Selma».

«Un día, al volver Ulino de cazar, antes que los dos héroes hubieran muerto, les oyó cantar en la colina. Su canto era dulce, pero triste. Lamentaban la muerte de Morar, mayor de los héroes. El alma de Morar era gemela de la de Fingal; su espada, similar a la espada de Oscar.

Murió, dijo su padre, y los ojos de su hermana Minona dejaron escapar las lágrimas al oír el canto de Ulino. Minona se retiró, como la luna oculta la cabeza detrás de las nubes cuando presiente la tempestad. Yo acompañaba con el arpa el canto de las lamentaciones».

«RYNO: El viento y la lluvia pararon; el día es caluroso; las nubes de apartan; el sol, hacia el ocaso, dora con sus últimos rayos las crestas de los montes. El torrente, con un color rojo, rueda por el valle. Dulce es tu murmullo, ¡oh, río! Pero más dulce la voz de Alpino, cuyo canto escucho para los muertos. Su cabeza está inclinada por el peso de los años y sus ojos, escaldados por el llanto. Alpino, ¿por qué vas a solas por la montaña silenciosa? ¿Por qué gimes como el viento en el bosque y como la ola que se rompe en la lejana playa?».

«ALPINO: Mi llanto, Ryno, proviene de los muertos. Mi voz se eleva por los habitantes del sepulcro. Tú eres ágil y delgado, Ryno; eres bello entre los hijos de la montaña; pero caerás como Morar y la aflicción irá también a sentarse sobre tu ataúd. La montaña se olvidará de ti y tu arco abandonado colgará de la muralla. ¡Oh, Morar!, tú eres ligero como el corzo en la colina, temible como el fuego del cielo en la oscuridad de la noche; tu cólera era una tempestad, tu espada, un rayo en el combate, tu voz era el rugir del torrente después de la lluvia, el del trueno rodando sobre las montañas. Muchos han sucumbido ante el golpe de tu brazo; la llama de tu cólera los ha consumido... Pero cuando volvías de la guerra, ¡tu frente era tan dulce y apacible! Tu rostro parecía el sol después de la tormenta; parecía la luna al alumbrar una noche serena. Tu pecho era tranquilo como el mar cuando se calma el viento que lo agita. ¡Qué estrecha y sombría es ahora tu morada! Con tres pasos se mide la sepultura del que no hace mucho fue tan grande. Cuatro piedras, cubiertas de musgo, son tu único monumento. Un árbol sin hojas, altas hierbas que mece la brisa. Esto es todo lo que muestra al experto cazador el lugar donde yace el poderoso Morar. Tú no tienes madre ni amante que te lloren: murió la que te engendró; murió también la hija de Morglan. ¿Quién es el hombre que se apoya en un bastón? ¿Quién es aquel hombre cuya cabeza blanquea por la edad y cuyos ojos se enrojecen por llorar? Es tu padre, ¡oh, Morar!, tu padre, que no tenía otro hijo. Muchas veces oyó hablar de tu valor, de los enemigos que cayeron ante tu espada; muchas veces oyó hablar de la gloria de Morar. ¡Ay! ¿Por qué le contaron también tu muerte?».

«Llora, padre de Morar, llora, que tu hijo no te oirá. El sueño de los muertos es muy profundo; su almohada está muy honda. No se levantará tu hijo al escuchar tu voz; no se despertará con tu grito. ¡Ah! ¿Cuándo penetrará la luz en el sepulcro? ¿Cuándo se podrá decir al que duerme, despierta? ¡Adiós, noble joven; adiós, valiente guerrero! Ya no volverán a verte los campos de batalla; ya el bosque oscuro no se iluminará con el centelleo de tu espada. No has dejado hijos; pero el canto de los trovadores conservará y transmitirá tu nombre a la posteridad. Las generaciones futuras conocerán tus logros y sabrán de Morar».

«La aflicción de los guerreros era honda; pero el sollozo de Armino la controlaba. Este canto le recordaba la pérdida de un hijo, muerto en plena juventud. Carmor estaba junto al héroe: Carmor, el príncipe de Galmal. ¿Por qué suspiras así?, le dijo. ¿Es en este sitio donde se debe llorar? La música y el canto que se dejan oír, ¿no son para reanimar el espíritu, lejos de abatirle? Son como el leve vapor que escapa del lago, invade el bosque y humedece las flores; el sol luce fulguroso y los vapores se esparcen. ¿Por qué estás triste, ¡oh, Armino!, tú que reinas en Gorma, ceñida de las olas?».

«ARMINO: Estoy triste y tengo motivos para estarlo. Carmor, tú no has perdido un hijo ni tienes que llorar la muerte de una hija de gran hermosura. Colgar, el intrépido joven, vive aún, así como la bella Annira. Los retoños de tu raza florecen, Carmor; pero Armino es el último del linaje. Sombrío es tu lecho, Daura; como tu sueño en el sepulcro. ¿Cuándo despertarás? ¿Cuándo volverá a surgir tu voz? Levántense vientos del otoño..., embistan la oscura maleza. Torrentes de la selva, desbórdense. Huracanes, rujan en las encinas... Y tú, luna, enseña y oculta tu pálido rostro entre las rasgadas nubes. Recuérdame la terrible noche en que murieron mis hijos, mi valiente Arindal y mi querida Daura».

«Daura, hija; eras hermosa como el astro de plata que blanquea las colinas de Fura; eras blanca como la nieve y dulce como la brisa embalsamada matutina. Arindal, tu arco era invencible, rápido tu dardo en el campo de batalla, poderosa tu mirada, como la nube que va sobre las olas; tu escudo parecía un meteoro dentro de una tempestad. Armar, célebre en los combates, solicitó el amor de Daura y rápido lo consiguió. Hermosas eran las esperanzas de sus amigos. Pero Erath, hijo de Odgall, temblaba de rabia porque su hermano había sido asesinado por Armar. Vino disfrazado de batelero; su barca se columpiaba gallardamente sobre las ondas. Traía el pelo blanco; su aspecto era serio y tranquilo. "¡Oh!, tú, la más bella de las jóvenes, amable hija de Armino —dijo—; allá abajo, en una roca, cerca de la orilla, espera Armar a su amada Daura". Ella le siguió y llamó a Armar; pero sólo el eco respondió a su llamado. "Armar, dueño de mi alma, mi bien, ¿por qué me apenas de este modo? Escucha, hijo de Arnath, atiende mis súplicas... Es tu Daura quien te invoca"».

«El traidor Erath la dejó sobre la roca y regresó a tierra con risa. Daura se deshizo en gritos, llamando a su padre y a su hermano: "Arindal, Armino, ¿no vendrán ninguno a salvar a su Daura?". Su voz surcó los mares. Arindal, hijo, bajó de la montaña cargado con el botín de la caza, con las flechas suspendidas del costado, el arco en la mano y rodeado de cinco perros negros. Distinguió en la orilla al audaz Erath; se apoderó de él y le ató a un roble con fuertes ligaduras. Mientras Erath llenaba el espacio de gemidos, Arindal, tomando su barca, se enfiló a la roca donde estaba Daura. En esto llega Armar, prepara con furia una flecha, silba el dardo y tú, hijo mío, mueres por el golpe destinado a Erath, el pérfido. En el momento en que la barca llegó a la roca, Arindal dio el último suspiro. ¡Oh, Daura! La sangre de tu hermano corrió a tus pies. ¡Cuán grande habría sido tu desesperación! La barca, deshecha contra la roca, se hundió en el abismo. Armar se lanzó al agua para salvar a Daura o perecer. Una corriente de viento de la montaña agita el oleaje y Armar desaparece para siempre. Mi desgraciada hija quedaba desamparada, sola, sobre un peñasco atacado por las olas. Yo, su padre, escuchaba sus lamentos y nada podía hacer para socorrerla. Toda la noche estuve en la orilla, contemplándola ante los tenues rayos de la luna. Toda la noche oí sus clamores. El viento soplaba, el agua caía a torrentes, y la voz de Daura se debilitaba conforme se acercaba el día. Pronto se apagó en su totalidad,

> como se va la brisa de las tardes entre las hierbas de la montaña. Consumida en desesperación, expiró, dejando a Armino solo en el mundo. Mi valor, mi fuerza y mi orgullo murieron con ella».
>
> «Cuando las tormentas bajan de la montaña; cuando el viento alborota el oleaje, me postro en la ribera y miro la funesta roca. Muchas veces, cuando la luna aparece en el cielo, veo flotar en la oscuridad iluminada las almas de mis hijos, que vagan por el espacio, unidos fraternalmente en un abrazo».

Un raudal de lágrimas, que brotó de los ojos de Charlotte, desahogando su corazón, interrumpió la lectura de Werther. Éste hizo a un lado el manuscrito y tomando una de las manos de la joven, soltó también el amargo llanto. Charlotte, apoyando la cabeza en la otra mano, se cubrió el rostro con un pañuelo. Víctimas ambos de una terrible agitación, veían su propia desdicha en la suerte de los héroes de Ossian y juntos lloraban. Sus lágrimas se confundieron. Los ardientes labios de Werther tocaron el brazo de Charlotte; ella se estremeció y quiso retirarse; pero el dolor y la compasión la tenían atada a su silla como si un plomo pesara sobre su cabeza.

Ahogándose y queriendo dominarse, suplicó con sollozos a Werther que siguiera la lectura; su voz rogaba con un acento del cielo.

Werther, cuyo corazón latía con la violencia de querer salir del pecho, temblaba como un azogado. Tomó el libro y leyó inseguro:

> «¿Por qué me despiertas, soplo embalsamado de primavera? Tú me acaricias y me dices: "Traigo conmigo

el rocío del cielo; pero pronto estaré marchito, porque pronto vendrá la tempestad, arrancará mis hojas. Mañana llegará el viajero; vendrá el que me ha conocido en todo mi esplendor; su vista me buscará a su alrededor y no me hallará"».

Estas palabras causaron a Werther un gran abatimiento. Se arrojó a los pies de Charlotte con una desesperación completa y espantosa, y tomándole las manos las oprimió contra sus ojos, contra la frente. Charlotte sintió el vago presentimiento de un siniestro propósito.

Trastornado su juicio, tomó también las manos de Werther y las colocó sobre su corazón. Se inclinó con ternura hacia él y sus mejillas se tocaron. El mundo desapareció para los dos; la estrechó entre sus brazos, la apretó contra el pecho y cubrió con besos los temblorosos labios de su amada, de los que salían palabras entrecortadas.

—¡Werther! —murmuraba con voz ahogada y desviándose—. ¡Werther! —insistía, y con suave movimiento trataba de retirarse—. ¡Werther! —dijo por tercera vez, ahora con acento digno e imponente.

Él se sintió dominado; la soltó y se tiró al suelo como un loco. Charlotte se levantó y en un trastorno total, confundida entre el amor y la ira, dijo:

—Es la última vez, Werther; no volverás a verme.

Y entregándole una mirada llena de amor a aquel desdichado, corrió a la habitación contigua y ahí se encerró.

Werther extendió las manos sin atreverse a detenerla. En el suelo y con la cabeza en el sofá, permaneció más de una hora sin dar señales de vida.

Al cabo de ese tiempo oyó ruido y despertó. Era la criada que venía a poner la mesa. Se levantó y se puso a caminar por el cuarto. Cuando volvió a quedarse solo, se acercó a la puerta por donde había entrado Charlotte y dijo en voz baja:

—¡Charlotte! ¡Charlotte! Una palabra al menos, un adiós siquiera...

Ella guardó silencio. Esperó, suplicó, esperó una vez más... Por último se alejó de la puerta gritando:

—¡Adiós, Charlotte... adiós para siempre!

Llegó a las puertas de la ciudad; los guardias, que acostumbraban a verlo, lo dejaron pasar. Caían menudos copos de nieve; él, no obstante, no volvió a la población sino una hora antes de la medianoche.

Cuando llegó a su casa, el criado observó que no traía su sombrero, pero no se aventuró a decirle nada. Le ayudó a desvestirse: toda la ropa estaba calada. Más tarde, encontraron el sombrero en un peñasco que destacaba sobre todos los de la montaña y que parece desgajarse sobre el valle. No se sabe cómo en una noche lluviosa y oscura pudo llegar a ese punto sin caer. Se acostó y durmió mucho tiempo; cuando el criado entró al cuarto al día siguiente para despertarlo, lo encontró escribiendo. Werther le pidió café, que enseguida le sirvió.

Werther entonces agregó estos párrafos a la carta que había iniciado para Charlotte:

> «Esta vez es la última que abro los ojos; la última, ¡ay de mí! Ya no volverán a ver la luz del día. Estarán cubiertos por una niebla densa y oscura. ¡Sí, viste de luto, naturaleza! Tu hijo, tu amigo, tu amante se acerca a su término. ¡Ah, Charlotte!, es una cosa que no se parece a nada y que sólo puede compararse con las percepciones confusas de un sueño, el decirse; ¡Esta mañana es la última!

Charlotte, apenas puedo entender el sentido de estas palabras: ¡La última! Yo, que ahora tengo la plenitud de mis fuerzas, mañana rígido e inerte estaré sobre la tierra. ¡Morir! ¿Qué es eso? Ya lo ves: los hombres soñamos siempre que hablamos de la muerte. He visto morir a mucha gente; pero somos tan pobres de mente que no sabemos nada del principio ni del fin de la vida. En este momento todavía soy mío... todavía soy tuyo, sí, tuyo, querida mía; y dentro de poco... ¡separados, aislados, quizá para siempre! ¡No, Charlotte, no! ¿Cómo puedo dejar de ser? Existimos, sí. ¡Dejar de ser! ¿Qué significa esto? Es una frase más, un ruido que mi corazón no entiende. ¡Muerto, Charlotte! ¡Cubierto en la tierra fría, en un rincón angosto y oscuro! Tuve yo cuando adolescente una amiga que era apoyo y consuelo de mi abandonada juventud. Murió y estuve con ella hasta la fosa, donde la vi cuando bajaron el ataúd; oí el crujir de las cuerdas cuando las soltaron y cuando las recogieron. Después arrojaron la primera palada y la fúnebre caja hizo un ruido sordo; después, más sordo; y después, aún más, hasta que quedó cubierta de tierra por completo. Caí al lado de la fosa, delirante, oprimido y con las entrañas despedazadas. Pero no supe nada de lo que me sucedió, de lo que me sucederá. ¡Muerte! ¡Tumba! No entiendo estos conceptos».

«¡Oh! ¡Perdóname, perdóname! Ayer... aquel debió ser el último momento de mi vida. ¡Oh, ángel! Fue la primera vez, sí, que una alegría pura e infinita llenó mi ser».

«Me ama, me ama... Aún quema mis labios el fuego sagrado que emanaba de los suyos; todavía colman mi corazón estas delicias abrasadoras. ¡Perdóname, perdóname! Sabía que me amabas; lo sabía desde tus primeras miradas, aquellas miradas llenas de ti; lo sabía desde la primera vez que me diste la mano. Y, sin embargo, cuando me separaba de ti o veía a Albert contigo, me atacaban las dudas».

«¿Recuerdas de las flores que me enviaste el día de esa enojosa reunión en que ni pudiste darme la mano ni decirme palabra alguna? Pasé de rodillas media noche frente a las flores, porque eran para mí el sello de tu amor; pero ¡ay!, estas impresiones se borraron como se borra paso a paso en el corazón del creyente el sentimiento de la gracia de que Dios le prodiga por medio de símbolos visibles. Todo perece, todo: pero ni la misma eternidad puede acabar con la candente vida que ayer tomé de tus labios y que siento en mi interior. ¡Me ama! Mis brazos la han estrechado; mi boca ha temblado, ha murmurado palabras de amor sobre la suya. ¡Es mía! ¡Eres mía! Sí, Charlotte; mía para siempre. ¿Qué importa que Albert sea tu esposo? No lo es más que para el mundo; para ese mundo que dice que amarte y querer arrancarte de los brazos de tu marido para cobijarte en los míos es pecado. ¡Pecado!, sea. Si lo es, ya lo expío. He saboreado ese pecado en sus delicias, en su éxtasis inconmensurable. He aspirado el bálsamo de la vida y con él he fortalecido mi alma. Desde este momento eres mía, ¡mía, Charlotte! Voy delante de ti; voy a reunirme con mi padre, que también lo es de ti, Charlotte; me quejaré y me consolará hasta que tú aparezcas. Entonces volaré a tu encuentro, te recibiré en mis brazos y nos uniremos en presencia del eterno, con un abrazo que no tendrá fin. No sueño ni deliro. Al borde del sepulcro brilla para mí la verdadera luz».

¡Volveremos a estar juntos! ¡Veremos a tu madre y le diremos todas las penas de mi corazón! ¡Tu madre! ¡Imagen tuya perfecta!».

A las once llamó Werther a su criado y le preguntó si había regresado Albert; el criado dijo haberlo visto pasar en su caballo. Entonces le mandó una carta abierta que sólo contenía estas palabras:

«¿Me harías el favor de prestarme tus pistolas para un viaje que he planeado? Que estés bien. Adiós».

La pobre Charlotte apenas había dormido la noche anterior. Su sangre pura, que hasta entonces había corrido por sus venas en calma, se agitaba febril. Mil sensaciones distintas conmovían su noble corazón.

¿Era que le consumía el corazón el calor de las caricias de Werther o que estaba indignada de su atrevimiento? ¿Era que le mortificaba el comparar su situación con su vida pasada, con sus días de inocencia, sosiego y confianza? ¿Cómo presentarse ante su esposo? ¿Cómo confesarle una escena que ella misma no quería aceptar, por más que no tuviera nada de qué avergonzarse? Mucho tiempo hacía que marido y mujer no hablaban de Werther y justo ella debía romper el silencio para hacerle una confesión igual de penosa como inesperada. Temía que el solo anuncio de la visita de Werther fuera para Albert motivo de mortificación. ¿Qué sucedería al saber todo lo ocurrido? ¿Podría esperar que juzgara las cosas sin pasión y las viera tal como se habían presentado? ¿Podría desear que leyera claramente en el fondo de su alma? Y, por otra parte, ¿cómo disimular ante un hombre para quien su pecho había sido siempre un transparente cristal y a quien ni había ocultado ni quería ocultar nunca el menor pensamiento? Estas reflexiones la abrumaban y la ponían en una cruel incertidumbre; siempre su pensamiento se dirigía a Werther, que la adoraba; hacia Werther, a quien no podía abandonar y a quien necesario era dejar. ¡Ah! ¡Qué vacío para ella!

Aunque la agitación de su espíritu no le permitiera ver con claridad la verdad de las cosas, comprendió que pesaba sobre ella la fatal desavenencia que apartaba a su marido y a Werther; dos hombres tan buenos y tan inteligentes que, iniciando por ligeras divergencias de sentimientos, había llegado a una mutua reserva y a una indiferencia glacial. Cada uno se encerraba en el círculo de su propio derecho y de los errores del otro. La tensión había aumentado por ambas partes, llegando a ser tal la situación que ya no podía resolverse sin violencia.

Si una dichosa confianza los hubiera unido más en los primeros momentos; si la amistad y la indulgencia hubieran abierto sus almas a dulces expansiones, quizá se hubiera podido salvar el desgraciado joven. Una circunstancia particular aumentaba la perplejidad de Charlotte. Werther, como leemos en sus cartas, no ocultó nunca su deseo de dejar el mundo. Albert había combatido la idea muchas veces y a menudo había platicado sobre ella con su mujer. Impulsado por una instintiva repugnancia hacia el suicidio, Albert había dado a entender a menudo, con una especie de ligereza de carácter, y hasta se había permitido una que otra burla sobre el asunto, haciendo así que su incredulidad se reflejara un tanto en Charlotte. Esto la tranquilizaba un poco cuando en su ser aparecían siniestras imágenes; pero de la misma forma le impedía manifestar sus temores a su marido.

No tardó Albert en llegar y ella salió a recibirlo con una solicitud no libre de vergüenza. Albert parecía disgustado. No había podido terminar sus negocios por algunos problemas, relacionadas con el carácter intratable y minucioso del funcionario. El mal estado de los caminos había acabado de ponerle de mal humor. Preguntó lo que había sucedido en su ausencia y su mujer se apresuró a decirle que Werther había estado ahí la tarde del día anterior. Informado después de que en su cuarto tenía algunas cartas y paquetes que habían llevado para él, dejó sola a Charlotte. La presencia del hombre por quien sentía tanto cariño y tanto respeto hizo una nueva revolución en su espíritu.

El recuerdo de su generosidad, de su amor y de sus bondades, le regresó la calma. Sintió un secreto deseo de seguirle y con decisión hizo lo que muchas veces: ir a buscarlo a su cuarto. Le encontró abriendo y leyendo cartas; algunas parecían llenas de noticias desagradables. Le hizo varias preguntas al respecto y él contestó con excesiva brevedad, para después empezar a escribir. Durante una hora estuvieron callados, uno frente al otro. El humor de Charlotte se oscurecía por momentos.

Comprendía que aunque su marido estuviera del mejor ánimo, iba a verse apurada para explicar lo que sentía su corazón y cayó en un abatimiento que se profundizaba a medida que se esforzaba por ocultar y devorar sus lágrimas. La llegada del criado de Werther aumentó su preocupación. Aquél entregó la carta de su amo y Albert, después de leerla, se dio la vuelta, indiferente, hacia su mujer, diciéndole:

—Dale las pistolas.

Luego hacia el criado agregó:

—Di a tu amo que le deseo buen viaje.

Estas palabras tuvieron en Charlotte el efecto de un rayo. Apenas pudo levantarse. Se dirigió lento a la pared, descolgó las armas y las limpió temblorosa. Estaba indecisa y hubiera tardado mucho en entregarlas al criado, si Albert, con mirada inquisidora, no la hubiera forzado a obedecer.

Charlotte entregó las pistolas sin poder decir una sola palabra. Cuando éste se retiró, Charlotte volvió a tomar su labor y se fue a su habitación, presa de una gran turbación y con el corazón agitado por los presentimientos.

Tan pronto quería ir y arrojarse a los pies de su esposo y confesarle lo sucedido, la turbación de su conciencia y sus terribles temores, como desistía de hacerlo, preguntándose de qué serviría el acto. ¿Podía esperar que su marido, en atención a sus súplicas, corriera de inmediato a casa de Werther?

La comida estaba en la mesa. Llegó una amiga de Charlotte que sin otra cosa que la intención de verla y con temor a importunar, decidió retirarse. Charlotte la hizo quedarse. Esto dio pie a una conversación que animó la comida y aunque esforzándose, se habló y se dio todo al olvido.

El criado de Werther llegó a casa con las pistolas y se las dio a su amo, quien las tomó con un tipo de placer cuando supo que venían de las manos de Charlotte. Ordenó que le llevaran pan y vino, y después de decir a su criado que fuera a comer, se puso a escribir:

> «Han pasado por tus manos; tú misma las has desempolvado; tú las has tocado... y yo las beso ahora una y mil veces. ¡Ángel del cielo, tú apoyas mi decisión! Tú, Charlotte, eres quien me entregas esta arma destructora; así recibiré la muerte de quien quería recibirla yo. ¡Me he

> enterado por el criado de los pormenores! Temblabas al darle estas pistolas..., pero ni un adiós me haces llegar. ¡Ay de mí!, ni un adiós. ¿Quizá el odio me ha cerrado tu corazón por aquel instante de embriaguez que me unió a ti para siempre? ¡Ah, Charlotte!, el transcurso de los siglos no borrará aquella impresión; y tú, estoy seguro, no podrás aborrecer nunca a quien tanto te ha idolatrado».

Después de comer envió al criado que acabara de empacar todo. Rompió muchos papeles. Salió a pagar algunas cuentas pendientes y regresó a casa. Más tarde, a pesar de la lluvia, salió de nuevo y fue al jardín del difunto conde de M., fuera del pueblo. Paseó mucho tiempo por los alrededores y regresó a su casa al anochecer. Entonces escribió:

> «Wilhelm: por última vez he visto los campos, el cielo y los bosques. También a ti doy el último adiós. Tú, madre, perdóname. Consuélala, Wilhelm. Que Dios los llene de bendiciones. Todos mis asuntos quedan saldados. Adiós; nos volveremos a ver y entonces seremos más felices. Mal he pagado tu amistad, Albert; pero sé que me perdonas. He turbado la paz de tu hogar; he introducido la desconfianza entre ustedes... Adiós, quiera el cielo que mi muerte te devuelva la felicidad. ¡Albert!, haz feliz a ese ángel, para que la bendición de Dios descienda sobre ti».

Por la noche estuvo revolviendo sus papeles; rompió muchos, que lanzó al fuego, y cerró algunos pliegos dirigidos a Wilhelm. El contenido de estos se reducía a breves disertaciones y pensamientos inconexos, de los cuales no conozco más que una parte. A eso de las diez ordenó echar más leña al fuego y que le llevaran una botella de vino; después mandó a dormir a su criado. El cuarto de éste, como los de todos los que vivían en la casa, estaba muy lejos del de Werther.

El criado se acostó vestido para estar listo muy temprano, pues su amo le había dicho que los caballos de posta llegarían antes de las seis de la mañana.

Después de las once

«Todo duerme a mi alrededor y mi alma está tranquila. Te doy las gracias, Dios, por haberme concedido en momento tan supremo resignación tan mayúscula. Me asomo a la ventana, amada mía, y distingo a través de las tempestuosas nubes unos luceros esparcidos en la inmensidad del cielo. ¡Ustedes no desaparecerán, astros inmortales! El eterno los lleva, lo mismo que a mí. Veo las estrellas de la Osa, que es mi constelación predilecta, porque de noche, cuando salía de tu casa, la tenía siempre enfrente. ¡Con qué delicia la he visto tantas veces! ¡Cuántas veces he levantado mis manos hacia ella para tomarla por testigo de la felicidad que entonces disfrutaba! ¡Oh, Charlotte! ¿Qué hay en el mundo que no traiga tu recuerdo a mi mente? ¿No estás en todo lo que me rodea? ¿No te he robado, con la codicia de un niño, mil objetos sin importancia que habías santificado con tu toque?».

«Tu retrato, muy querido para mí, te lo doy con la súplica de que lo conserves. He impreso en él mil millones de besos y lo he saludado mil veces al entrar en mi habitación y al salir de ella. Dejo una carta escrita para tu padre, en la que ruego proteja mi cadáver. Al final del cementerio, en la parte que da al campo, hay dos tilos, en cuya sombra deseo descansar. Esto puede hacer tu padre por su amigo y tengo la seguridad de que lo hará. Pídeselo tú también, Charlotte. No pretendo que los piadosos cristianos dejen depositar el cuerpo de un desgraciado cerca de los suyos. Quisiera que mi sepultura estuviera a orillas de un camino o en un valle solitario, para que cuando el sacerdote o el levita pasen junto a ella, elevaran sus brazos al cielo, con una bendición, y para que el samaritano la regara con sus lágrimas. Charlotte: no tiemblo al tomar el cáliz terrible y frío que me dará la embriaguez de la muerte. Me lo has entregado y no dudo. Así van a cumplirse todas las esperanzas y todos los deseos de mi vida, todos, sí, todos».

«Sereno y tranquilo tocaré la puerta de bronce del sepulcro. ¡Ah! ¡Si hubiera tenido la suerte de morir como sacrificio por ti! Con alegría y entusiasmo hubiera dejado este mundo, seguro de que mi muerte afianzaba tu descanso y la felicidad de toda tu vida. Pero ¡ay!, sólo algunos seres con privilegios logran dar su vida por los que aman y ofrecerse en holocausto para centuplicar los goces de sus existencias amadas. Charlotte: deseo que me entierren con el vestido que tengo puesto, pues tú lo has bendecido al tocarlo. La misma petición hago a tu padre. Mi alma se cierne sobre el féretro. Prohíbo que me registren los bolsillos. Llevo en uno aquel lazo de cinta rosa que tenías en el pecho el primer día que te vi, rodeada por tus niños... ¡Oh!, abrázalos mil veces y cuéntales la desgracia de su amigo. ¡Cómo los quiero! Aún los veo agitarse a mi alrededor. ¡Ay! ¡Cuánto te he amado, desde el momento primero de verte! Desde ese momento

> comprendí que llenarías vida... Haz que entierren el lazo conmigo... Me lo diste el día de mi cumpleaños y lo he guardado como una reliquia santa. ¡Ah! Nunca sospeché que aquel principio llevaría a este final. Ten calma, te lo suplico, no desesperes... Están cargadas... Oigo las doce... ¡Que sea lo que tenga que ser! Charlotte... Charlotte... ¡Adiós! ¡Adiós!».

Un vecino vio el fogonazo y oyó la detonación; pero, como todo permaneció en calma, no averiguó qué había sucedido.

A las seis de la mañana del siguiente día entró el criado en la alcoba con una luz y vio a su amo tendido, bañado en sangre y con una pistola. Le llamó y no consiguió respuesta. Quiso levantarle y vio que todavía respiraba. Corrió a avisar al médico y a Albert. Cuando Charlotte oyó la puerta, un temblor convulsivo se apoderó de su cuerpo. Despertó a su marido y se levantaron. El criado, entre llantos y sollozos, les dio la fatal noticia; Charlotte cayó desmayada a los pies de su esposo.

Cuando el médico llegó al lado del infeliz Werther, lo encontró en el suelo y sin salvación posible. El pulso latía, pero todas sus partes estaban paralizadas. La bala había entrado por arriba del ojo derecho, haciendo saltar los sesos. Le sangraron de un brazo; la sangre corrió. Todavía respiraba. Unas manchas de sangre que se veían en el respaldo de su silla demostraban que consumó el acto sentado frente a la mesa en que escribía y que en las convulsiones de la agonía había caído al suelo. Se encontraba boca arriba, cerca de la ventana, vestido y con zapatos, con frac azul y chaleco amarillo.

La gente de la casa, de la vecindad, y poco después todo el pueblo, se movió. Llegó Albert. Habían colocado a Werther en su lecho, con la cabeza vendada. Su rostro tenía ya el sello de la muerte. No se movía, pero sus pulmones funcionaban aún de un modo espantoso. Unas veces, casi de forma imperceptible; otras, con ruidosa violencia. Se esperaba que en cualquier momento exhalara el último suspiro.

No había bebido más que un vaso de vino de la botella sobre la mesa. El libro *Emilia Galotti* estaba abierto sobre el pupitre. La consternación de Albert y la desesperación de Charlotte eran inefables.

El anciano administrador llegó, alterado y conmovido. Abrazó al moribundo, bañándole el rostro con su llanto. Sus hijos mayores no tardaron en unírsele y se arrodillaron junto al lecho, besando las manos y la boca del herido y demostrando estar poseídos del más intenso dolor. El de más edad, que había sido siempre el favorito de Werther, se colgó del cuello de su amigo y permaneció abrazado hasta que expiró. Hubo que quitarlo a la fuerza. A las doce del día Werther falleció.

La presencia del administrador y las medidas que tomó evitaron todo desorden. Hizo enterrar el cadáver por la noche, a las once, en el sitio que había pedido Werther. El anciano y sus hijos fueron formando parte del cortejo fúnebre; Albert no tuvo tanto valor.

Durante algún tiempo se temió por la vida de Charlotte. Los jornaleros condujeron a Werther al lugar de su sepultura; no le acompañó sacerdote alguno.

FIN

Johann Wolfgang von Goethe

(1749-1832)

Johann Wolfgang von Goethe nació en Fráncfort del Meno (Sacro Imperio Romano Germánico), el 28 de agosto de 1749. Hijo de Johann Caspar Goethe y Katharina Elisabeth Textor, personas influyentes en la política imperial, recibirá una educación amplia y severa dentro del seno familiar. Interesado a edad temprana por el dibujo, la geología, la química y las lenguas, es enviado, en 1765, a Leipzig a estudiar Derecho, carrera que debe abandonar a causa de una grave enfermedad. En 1770 retoma sus estudios de leyes en Estrasburgo, periodo en el que conoce al teórico Johann Gottfried von Herder, con quien redactará el manifiesto *Sobre el estilo y el arte alemán* (1772); semilla del movimiento romántico germano.

De vuelta en Fráncfort, intenta abrir un bufete de abogados, empresa que fracasa estrepitosamente; a la par que fracasa su intento de matrimonio con Lili Schönemann, hija de un banquero de la ciudad. Durante este periodo, Goethe escribe la tragedia *Götz von Berlichingen* (1773), *Fausto* (1773), la novela *Las penas del joven Werther* (1774) —obra que le otorga un notable reconocimiento— y los dramas *Clavijo* (1774) y *Stella* (1775); posteriormente parte hacia Weimar al servicio del príncipe Carlos Augusto, con cargos de consejero y supervisor de la biblioteca ducal.

En Weimar, auténtico círculo cultural, Goethe tiene la oportunidad de profundizar en conocimientos de óptica, geología y literatura. En este periodo, compone el drama *Ifigenia en Táuride* (1787). Entre 1786 y 1788 viaja por Italia, donde se impregna de los preceptos clasicistas del arte y abandona, progresivamente, la estética romántica. A este periodo corresponden obras teatrales como *Conversaciones de emigrados alemanes* (1795), *Germán y Dorotea* (1797) *La hija natural* (1799), y las novelas de madurez *Las afinidades electivas* (1809) y *Los años de peregrinaje de Wilhelm Meister* (1821). Goethe fallecerá en Weimar el 22 de marzo de 1832.

Índice

Este libro se terminó de editar en Granada
en marzo de 2025 por

Aliarediciones

www.aliarediciones.es
info@aliarediciones.es